W0385153

Ma vie a commencé dans un fracas de tôles

Jehanne Collard

Ma vie a commencé dans un fracas de tôles

Albin Michel

A mes trois filles

C'est à cause d'elle que j'en suis là

Ces soirs-là, je suis terrée dans mon trou. Barricadée dans mon bureau du boulevard Malesherbes, noyée dans la fumée de cigare. Verdi à fond pour étouffer les bruits de la maison, la bouteille de champagne bien entamée pour tenter, une fois de plus, de dissoudre les angoisses du jour. Rien que de très banal, de parfaitement sordide même : les dossiers qui s'entassent, les appels qui attendent, la remarque vaseuse d'un juge d'instruction sur ma « carrière médiatique », les ricanements envieux des confrères, la négociation avortée avec un assureur borné et sûr de lui, le transporteur privé payé à prix d'or qui se fait voler sa camionnette avec les chèques d'indemnisation destinés à mes clients, la tête qui éclate, la petite piqûre d'aiguille qui se réveille, là, au coin de mes poumons, ma fille qui ne répond pas au téléphone.

Rien qui ne soit pas le quotidien d'un avocat parisien, la cinquantaine passée, un gros cabinet sur les bras et le tas d'emmerdements qui vont avec. Rien d'autre que ce qu'on doit assumer quand on fait ce métier. Mais ce soir, je n'assume pas. Je ne sais pas si mes confrères se lèvent, chaque matin, bardés de certitudes, se couchent, chaque soir, paisibles, la conscience en repos. Moi, je n'y parviens plus. Je n'ai jamais été douée pour la sérénité. La robe d'avocat n'a rien arrangé. J'ai l'impression d'occuper chaque jour à déplacer des montagnes. Et il y a des soirs où la montagne retombe sur moi. Tout me dépasse, tout m'engloutit. Je ne comprends plus pourquoi je dois dépenser tant d'énergie, courir aux quatre coins de la France, voir défiler ces hommes et ces femmes en pleurs, ces tombes d'enfants, les centres de rééducation, les perfusions, les fauteuils roulants. Je voudrais que tout rentre dans l'ordre, que tout redevienne comme avant. Avant l'accident. Au temps de l'insouciance, de la légèreté.

On ne peut pas faire marche arrière. Alors, je bois, je fume. C'est stupide, je l'avoue. Surtout quand on passe son temps à expliquer aux autres les conduites à risque, la mort qui guette au tournant. Mais je n'ai rien trouvé d'autre pour vider ma tête. Les pilules dont on m'a gavée lorsque j'étais clouée sur mes lits de souffrance ne me font plus d'effets. Les analystes me bassinent au bout de trois séances, dès qu'ils commencent à gratter là où ça fait mal. Je n'ai aucun talent pour la méditation et mon corps rafistolé est inapte au yoga. Surtout, je n'ai plus de patience. Je veux un soulagement rapide, garanti, au bout du troisième verre ou de la première bouffée.

Je n'étais pas aussi fêlée avant, j'en suis sûre. Depuis que cet hématome a écrasé mon cerveau, j'ai l'impression que le monde durcit trop vite autour de moi, qu'il ne me laisse ni le temps ni le pouvoir de me défendre, que la fuite est la solution la plus sûre. Ceux qui sont passés par là, les traumatisés crâniens comme on les appelle, me comprennent. Aux autres, c'est presque impossible à expliquer.

Je sais bien que le répit ne dure jamais. L'alcool comme le tabac n'efface les angoisses que pour mieux les reconduire. Demain je me réveillerai avec la hantise de finir boursouflée comme une vieille pocharde. Régime drastique pendant dix jours et voilà que, sur la balance, devant les kilos qui s'enfuient, une autre peur me saisira : je maigris trop vite, c'est le mal qui me bouffe, les poumons qui me lâchent. Et j'ouvrirai une autre bouteille pour oublier les scanners de contrôle que je n'ai pas faits.

Je ne peux pas m'en tirer ainsi. Je le sais. Mais dans ces moments-là, la raison n'a plus de prise sur moi. Je me bats, gorgée après gorgée, contre mes ombres. Ombres en blouse blanche qui m'annoncent la vie ou la mort. Ombres en robe noire dont j'attends les verdicts avec hantise. Je vis cernée par leur puissance menaçante, avec la certitude de risquer chaque jour l'anéantissement. Ombres de tous ces malheureux que je ne peux plus sauver et que je suis pourtant chargée de défendre. Ombre de cette enfant, née plus brisée que moi, qui ne quittera jamais ses béquilles, que je dois protéger à jamais. Ombre d'Annie, la copine de mes huit ans, écrasée sur la route de Cassis.

« Piangi, piangi, O misera... » Sur la chaîne hi-fi, Callas et Di Stephano me servent de larmes. Je suis suffisamment grise pour commencer à m'apitoyer sur mon destin. Je m'engloutis. Je sais qu'au fond de l'ivresse, juste avant de sombrer dans le sommeil, je vais retrouver la petite fille qui voudrait être

aimée de tous et qui trépigne de rage impuissante parce que le monde est méchant, injuste. C'est à cause d'elle que j'en suis là. A cause d'elle que j'ai épousé ce combat qui m'épuise et ne me satisfait jamais. A cause d'elle que j'ai choisi ce côté des prétoires où il n'y a plus d'espoir, où l'irréparable est déjà advenu.

L'horreur dégrise plus vite qu'un café brûlant

L'horreur vitrifie tout autre sentiment, balaie les doutes et les nuits de crises alcoolisées. L'horreur, c'est ma compagne quotidienne. Elle me prend par la main dès le matin, dès le premier dossier ouvert.

L'horreur, ce matin-là, c'est Audrey, vingt ans, retrouvée sur la chaussée de l'autoroute A 106 près d'Orly, face contre terre, tout le haut du corps carbonisé. Maxime, dix-neuf ans, dos au bitume sur la bande d'arrêt d'urgence une quinzaine de mètres plus loin, brûlé aussi, les membres brisés par la violence du choc et l'éjection. Entre eux, sur la voie de droite, l'AX immobilisée sur le toit après plusieurs tonneaux. Prisonniers de la carcasse calcinée, trois autres cadavres : Arnaud, dix-neuf ans, Robin, vingt ans et Thibaut qui venait de fêter son dix-neuvième anniversaire avec sa bande de copains.

A cet âge-là, tous les anniversaires ont le même programme. Joyeux dîner dans le meilleur restaurant de Mennecy puis on met le cap sur le Métropolis. Il est plus de 4 h 30 du matin quand les dix jeunes gens abandonnent la piste de danse. Une petite averse s'achève. Le froid humide soulage instantanément les gorges irritées, les jambes fourbues. Après l'enfer de la techno, la nuit semble légère. On la respire goulûment. Quelques derniers pas de danse sur le parking et on s'entasse au petit bonheur dans les deux voitures. Audrey, Maxime, Arnaud et Thibaut montent dans celle de Robin et roulent vers la mort.

L'état des corps aurait rendu l'identification longue et difficile si les cinq autres amis de Thibaut n'avaient pas suivi la même route à quelques minutes. Ils ont aperçu au loin la voiture en flammes. Ils sont arrivés trop tard pour tenter quelque chose mais assez tôt pour qu'aucun doute ne leur soit permis et aucun détail épargné. Les CRS de la cinquième compagnie autoroutière d'Arcueil les ont trouvés sur les lieux, hébétés, anéantis.

Ils n'étaient pas seuls. Trois autres jeunes gens sont à leurs côtés, indemnes mais eux aussi tétanisés par le drame. Ce sont eux qui ont prévenu les secours. Ils circulaient dans la Clio immobilisée un peu plus loin, avec l'arrière défoncé. Ils racontent aux policiers qu'ils doublaient l'AX quand ils ont senti un grand choc à l'arrière. Leur voiture est partie contre le rail de sécurité central, a rebondi, traversé les deux voies pour finir sur la bande d'arrêt d'urgence.

Sur la même bande, vingt mètres plus loin, les policiers découvrent une Citroën XM en sale état. Personne ne se trouve à l'intérieur. Pourtant, les occupants de la Clio affirment qu'ils ont vu deux hommes après l'accident. Des traces de sang indiquent qu'ils sont sans doute blessés. Les recherches sont immédiatement lancées.

Les parents des cinq victimes n'ont su le drame que beaucoup plus tard. Pour respecter la procédure, il faut que les policiers préviennent le maire de la commune ou l'un de ses adjoints qui se rendra au domicile. Quand on ne peut joindre les élus, c'est un gendarme qui doit trouver les mots. Il n'y a pas de bonnes façons d'annoncer la mort d'un enfant. Pour avoir entendu mille fois ce récit, je sais qu'il y en a d'intolérables. On veut retarder l'inévitable, éviter les cris, la crise de larmes ; on parle d'un accident grave, on invite à se rendre d'urgence à l'hôpital ou à la gendarmerie, sans répondre aux questions, en détournant les yeux pour éviter les regards suppliants. Ce sursis-là n'a pas de nom. Il est intolérable et reste gravé dans la mémoire des survivants. Mieux vaut sans doute asséner d'un coup la hache du bourreau.

Pour Thibaut et ses amis, personne ne se résout à être le messager. Les policiers multiplient les vérifications avant d'être convaincus de l'identité des victimes. Les survivants sont trop jeunes pour affronter l'épreuve. Ils ont seulement prévenu leurs propres parents. C'est par l'un d'entre eux que la mère de Thibaut apprendra la nouvelle. Quelques minutes plus tard, elle reçoit l'appel d'un policier : « Madame, il s'est passé quelque chose de grave. Nous avons besoin du dossier dentaire de votre fils... » La mère d'Audrey suivra à la radio le récit de l'accident avant d'apprendre par un policier, vers 8 h 30, qu'il s'agit de sa fille.

Ce matin, les parents de Thibaut, ceux d'Audrey et d'Arnaud, sont assis dans mon cabinet. Ils ont rassemblé ce qui leur reste, ce que m'ont apporté tant d'autres parents : les coupures de journaux, les lettres de condoléances, les photos des gamins à onze ans, au mariage de tante Louise, l'été dernier sur la plage. Rien de récent. Cette mort-là ne prévient pas, ne laisse pas le temps de prendre un dernier souvenir. Je ne cherche pas à cacher mon émotion. Je sais que ces visages vont désormais m'habiter.

J'écoute les parents me raconter l'accident, ou plutôt tenter de rassembler les bribes d'informations recueillies auprès des témoins, arrachées aux policiers. L'enquête, bien sûr, est confidentielle. Et ce secret leur est insupportable. C'est leur propre histoire qui semble ainsi leur échapper. Ils ont besoin de savoir même si les questions font mal. Qui conduisait vraiment l'AX ? Avait-il bu ? La voiture était-elle trop vieille, trop chargée ?

Les deux occupants de la XM ont été retrouvés le matin même, à cinq kilomètres de l'accident. L'un traînant l'autre blessé, ils s'apprêtaient, dit-on, à prendre le train à la gare de Rungis lorsqu'ils ont été interpellés par la brigade anticriminalité. Qu'avaient-ils à se reprocher pour prendre ainsi la fuite ? S'agit-il de truands en cavale ou de deux voyous qui auraient poursuivi Thibaut et ses amis depuis la discothèque ? Quel rôle ont-ils joué dans l'accident ? Que s'est-il passé avec la Clio au moment où elle doublait l'AX ? Pourquoi la voiture a-t-elle pris feu ? Les enfants ont-ils vu la mort arriver ou la violence du choc leur a-t-elle épargné la pire des souffrances ?

Je ne peux pas leur répondre aujourd'hui. Je ne sais encore rien et je n'aime pas les platitudes rassurantes : elles me semblent dérisoires et dangereuses. Je préfère m'en tenir aux faits : « Un juge d'instruction a été désigné. Nous allons donc pouvoir accéder au dossier, demander une expertise des véhicules si elle n'a pas déjà été ordonnée. Il faudra de la patience : deux ans peut-être trois avant d'arriver au procès. La justice est lente par principe mais surtout parce qu'elle est débordée. En attendant, il faut se méfier des rumeurs, des témoignages indirects même les mieux intentionnés. Et comme la mort de vos enfants a fait l'ouverture des journaux télévisés, suscité une émotion considérable, vos voisins, les commerçants, de prétendus témoins vont multiplier les racontars. Tout ce fatras auquel les familles se raccrochent pour combler le silence officiel se révèle en général dénué de toute pertinence. Je peux simplement vous promettre que tout ce que nous pourrons connaître, vous le saurez. Faites-moi confiance. »

J'observe, sur leurs visages, l'effet de ce petit discours volontairement dénué de toute sentimentalité. Les uns sont encore murés dans leur douleur et semblent presque indifférents. D'autres se sont déjà résignés à la longue attente comme au vide qui a envahi leur existence. Celui-là argumente sans fin pour barrer la route à la douleur. Sa femme me regarde fixement comme si elle espérait lire sur mon visage une vérité encore cachée. J'ai vu tant de façons de vivre la mort. De la colère véhémente à la sérénité lumineuse, la réponse la plus mystérieuse, la plus déroutante restant celle des très jeunes enfants. Je me souviens du petit Valentin qui jouait par terre dans mon bureau pendant que je parlais à ses grands-parents. A sept ans, il venait de perdre son père, sa mère, son frère aîné et sa sœur. Rien dans son attitude ne trahissait l'ampleur du désastre sauf, bien sûr, cet ostensible désintérêt pour tout ce que je pouvais raconter. J'ai attendu huit mois avant qu'il ne m'adresse la parole, acceptant, du même coup, mon rôle et l'effroyable réalité.

Tous ceux qui sont venus dans ce bureau avec leur désespoir ou leurs blessures m'ont marquée par leur dignité et leur pudeur. Les parents de Thibaut et de ses amis ne dérogent pas à la règle. Je perçois aussi en eux la force d'âme qui va leur permettre de supporter l'aventure judiciaire. Sans cette sorte de courage, je les dissuaderais fermement d'en passer par là, je refuserais même de devenir leur avocate. Je renonce à pousser dans cette voie ceux qui ne peuvent affronter ni la brutalité des faits ni la tragique imperfection des institutions. On répète un peu trop, aujourd'hui, que le procès serait une étape essentielle du travail de deuil. Je soutiens, moi, qu'il y a des moyens moins rudes et plus sûrs d'y parvenir. Affronter la justice est parfois nécessaire. Mais l'expérience ne va pas sans risques. A commencer par celui de la désillusion.

Parmi les choses que j'ai apprises avec douleur et qui sont les plus lourdes à porter, il y a celle-ci : la justice n'est pas la vérité. La vérité se dérobe sans cesse derrière les enquêtes, les dépositions, les confrontations, les expertises. Même à l'issue du jugement, elle reste insaisissable. Le désir de tout savoir qui anime mes clients sera forcément déçu. Leur soif de comprendre aussi. Face à ceux qui tuent par bêtise, par lâcheté, par orgueil, par inconséquence, ceux qui assassinent « involontairement » comme dit le code pénal, la raison est impuissante, le sens s'évanouit. La justice ne peut rien contre l'insondable absurdité. Elle ne délivre aucune clef, aucune réponse. Dans le meilleur des cas, elle change votre regard, vous fait autre, vous donne la possibilité de continuer à vivre. Dans le pire, elle vous massacre une seconde fois.

Savoir cela, le faire vivre, c'est mon métier, celui d'une avocate des victimes. L'accepter, c'est autre chose.

Je ne sais pas faire ce métier sereinement

A cinquante ans, je n'ai pas appris la distance nécessaire. Il est trop tard désormais. Je ne saurai jamais refermer un dossier l'âme en paix. Je serai toujours une avocate hantée, insatisfaite. Je n'en tire aucune fierté. Plus détachée, je serais sans doute plus réconfortante pour mes clients. Au lieu de cela, j'ai souvent l'impression d'absorber leur détresse comme une éponge sans jamais parvenir à les en délivrer.

J'ai quelques excuses. On ne côtoie pas impunément le carnage français. Chaque journée m'apporte son lot de jeunes gens carbonisés, de motards décapités, de grands-mères renversées, de gamins écrasés, de familles décimées. La délinquance routière est une tueuse en série à l'imagination aussi cruelle que débordante. J'ai vu un père percuter la voiture de son fils en sens inverse un jour de brouillard, un bébé éjecté de la couveuse de l'ambulance, un homme et sa fille fauchés devant leur magasin par le médecin qui les avait soignés quelques semaines plus tôt, une jeune femme gravement blessée sur une bande d'arrêt d'urgence par le corps de son mari, lui-même percuté alors qu'il tentait de ralentir en amont le flot des voitures. Il y a, dans les dossiers qui encombrent mon cabinet, de quoi peupler les cauchemars de toute une vie. Je n'ai jamais réussi à me blinder comme la plupart des chirurgiens, policiers, pompiers ou autres professionnels confrontés quotidiennement au sang et à la mort. Je vis l'horreur sans recul, tétanisée de hantise par l'irruption aussi facile du malheur au moment où on l'attend le moins. Il m'arrive parfois de laisser mes clients, de quitter précipitamment mon bureau pendant quelques secondes, le temps de m'assurer par téléphone que mes filles sont bien en vie, mes petits-enfants toujours indemnes.

Il n'y a pas que l'horreur. Ce qui me bouleverse encore davantage, c'est ce sentiment d'injustice radicale qui accompagne l'accident, que je lis dans les yeux de ces gens assis en face de mon bureau. Pourquoi moi ? Pourquoi nous ? Pourquoi maintenant alors que nous venions juste de nous marier, de nous retrouver, de goûter au bonheur ou de commencer à vivre ? Questions banales, pourtant abyssales, sans réponses rationnelles et qui éveillent en moi toujours le même écho douloureux. Pas seulement le souvenir de mes propres épreuves mais une douleur plus profonde encore, plus enfouie dans mon histoire et dans mon inconscient.

On ne devient pas avocat par hasard. J'en suis persuadée même si je reste incapable de comprendre quelle mystérieuse nécessité m'a menée là où je ne voulais pas aller. Moi qui ai en horreur l'exercice libéral, ses angoisses, ses incertitudes économiques, son écrasante responsabilité, je n'aurais jamais dû porter la robe noire. C'est une condition trop lourde pour moi. Pourquoi l'ai-je donc revêtue ?

Parce que mon père exerçait la profession de conseil juridique en plus de celle de notaire ? Parce que deux de mes frères sont devenus avocats avant moi ? Certes, la famille baignait dans le droit mais l'explication me paraît un peu courte. Elle n'éclaire pas tout. Pas le choix de la défense des victimes. Pas l'aspect angoissé, presque désespéré de mon engagement. Pas ce sentiment quotidien d'avoir à me battre contre une injustice rampante, tenace, primordiale, tapie quelque part au fond de mon enfance.

Je regarde une vieille photo sur mon bureau, une des rares à avoir obtenu l'honneur d'un encadrement. Elle est prise sur la Corniche à Marseille. Ses couleurs délavées signent les années cinquante. On y voit une jeune femme vêtue d'une robe de plage marchant souriante au milieu de ses quatre enfants : trois gaillards en maillot de bain, bronzés, agités, hilares et une petite fille aux cheveux bouclés qui fixe amoureusement l'objectif tenu vraisemblablement par son père. Tout respire l'insouciance, les vacances éternelles, l'harmonie spontanée. Où est l'erreur ? Pourquoi n'ai-je pas ces souvenirs-là ? Les quelques bribes qui demeurent dans ma tête m'entraînent bien loin de cette image d'Epinal. La famille tient son rang dans la bourgeoisie marseillaise. Elle a fait fortune dans les huileries. Ma mère a l'habitude de mener grand train mais mon père, lui, a bien d'autres passions que sa petite fille. Il flambe sa vie sur les tapis verts, les champs de course, les casinos. Il perd l'argent de ma mère, la belle villa du Prado, l'argent de ses clients peut-être. Parfois, quand la chance lui sourit, j'ai le droit de me blottir sur ses genoux. Le plus souvent, je reste exilée à la porte de son bureau. Je ne comprends rien à ces disgrâces brutales, répétées. A la fin, je préfère quand il ne rentre pas ou trop tard pour moi. D'ailleurs, les coups de sonnette n'annoncent plus que les huissiers et les coupures d'électricité. Maman fait face avec un aplomb désarmant. Elle donne le change à la terre entière, met ses bijoux au clou pour continuer à nous payer les collèges privés. Moi, je vois bien que les copines ne viennent plus à mes goûters d'anniversaire, qu'elles portent les robes nouvelles que je n'ai pas. J'enrage, je trépigne, je multiplie les caprices d'enfant gâté à l'heure où plus personne ne peut les satisfaire. On ne m'explique rien mais, de toutes façons, je ne veux rien comprendre. Parfois, j'aperçois sans doute la détresse de ma mère et cela doit m'angoisser un peu plus. Je ne peux pas l'aider. Je ne veux pas l'aider. Je sens déjà confusément qu'elle préfère ses garçons, qu'elle investit sur eux tous ses espoirs de vie meilleure.

Le Marseille de mon enfance n'a rien de lumineux. C'est un piège incompréhensible qui se referme lentement. Encore aujourd'hui, je ne peux retrouver cette ville sans ce même sentiment d'oppression. Plus tard, quand mon père s'est retrouvé dans un fauteuil roulant, privé de jeu et d'escapades flamboyantes, quand ses attaques successives lui ont ôté jusqu'à la parole, ma mère a soigneusement réécrit la légende familiale. Et puis, l'accident a haché ma propre mémoire. De telle sorte que je suis bien en peine aujourd'hui de faire confiance à mes souvenirs. Peut-être ai-je rêvé cette enfance-là. Seule une psychanalyse pourrait démêler tout cela, expliquer pourquoi je me suis sentie abandonnée par mon père, trahie par ma mère, pourquoi l'existence même me semble injuste. Mais je n'en ai ni le goût ni le temps.

Qu'importe : quelle que soit son origine, cette douleur se réveille, intacte, à l'écoute de mes clients. Et une partie de moi-même se met alors à vivre leur détresse, à partager leur colère, leur révolte contre l'absurdité, à attendre comme eux qu'on me rende justice, qu'on répare tout ce qu'on a détruit. Mais en même temps que se creuse, en eux comme en moi, cette folle exigence, l'avocate que je suis sait qu'une telle attente sera inéluctablement déçue, que la justice est imparfaite, que la réparation sera dérisoire. Je sais qu'au lieu de calmer la douleur, je vais être obligée de la faire revivre tout au long de la procédure. Je sais qu'au lieu de me laisser gagner par l'émotion et la compassion, je vais devoir imposer le choc des preuves, la rigueur triviale des rapports, des expertises, des confrontations, des calculs d'indemnisation, la dure réalité des lenteurs judiciaires, des audiences surchargées, des magistrats blasés ou indifférents. Je voudrais hurler avec eux, dénoncer l'insupportable, mais mon métier est de leur apprendre qu'ils ne sont, aux yeux de la justice, que des victimes parmi d'autres et que leurs épreuves ne font que commencer.

C'est cette contradiction, inscrite en moi sans recours, qui me mine. Ainsi ne suis-je pas vraiment à mon aise lorsque je revois, six mois plus tard, les parents des jeunes victimes de Rungis. Je peux leur dire maintenant que les cinq jeunes gens n'ont aucune responsabilité dans l'accident. Tous les témoignages concordent : c'est la troisième voiture, la XM, qui a percuté les deux autres. Mais si les enfants sont innocents, leur mort en devient-elle plus supportable ? D'autant que les pièces du dossier d'instruction, les photos de l'accident et des victimes sont difficilement soutenables.

Le rapport d'autopsie répond aux questions formulées la première fois par les familles. Et la réponse n'est pas facile à entendre. Le légiste précise que Thibaut, Robin et Arnaud sont morts par carbonisation, que l'examen de leurs poumons révèle « des signes de respiration dans un contexte d'incendie ». Le choc ne les a donc pas tués sur le coup. Ils sont restés prisonniers de la carcasse en feu et se sont sans doute vus mourir. Je ne peux pas tricher avec cette atroce réalité, ni tenter d'en diminuer l'horreur. Un lourd silence s'installe dans mon cabinet. Je m'oblige à ne pas le briser avant que ne surgisse l'inévitable question suivante.

Pouvait-on, pendant ces quelques instants, les sauver ? Je ne sais pas. Personne n'est sans doute en mesure de l'affirmer. En tout cas, les responsables de l'accident ne l'ont pas essayé. Les occupants de la XM sont bien les deux hommes arrêtés deux heures plus tard près de la gare de Rungis. Un ami, alerté par téléphone, devait venir les récupérer avec sa voiture. Mais intriguée par les allers et retours d'une 405 autour de la gare, la brigade anticriminalité a interpellé l'ami complaisant et n'a pas tardé à retrouver les deux fuyards.

Identifié, le propriétaire de la XM, un plombier de trente et un ans, a dû passer aux aveux. C'est bien lui qui a percuté d'abord l'arrière de l'AX, puis celui de la Clio. Il ne sait pas pourquoi l'accident s'est produit. Il était fatigué. Il a dû s'endormir au volant. Son copain, un barman au casier judiciaire déjà chargé, ne se souvient plus de rien. Il a sombré dans le sommeil bien avant l'accident. Les analyses révèlent, chez le conducteur comme chez le passager, des taux d'alcoolémie encore supérieurs aux seuils autorisés, alors que plus de deux heures se sont écoulées depuis l'accident. Le juge d'instruction a suivi la trace des deux hommes, la veille de l'accident. Elle est jalonnée de whisky-coca entre 18 heures et 2 heures du matin. Puis c'est le souper dans un restaurant du dix-septième arrondissement de Paris autour d'un litre de vin rouge. Lorsqu'ils quittent l'établissement vers 4 h 30 du matin, le restaurateur remarque leur état « euphorique ». La collision a lieu quelques minutes plus tard.

Même dans cet état et à cette heure, je ne crois pas à la thèse de l'endormissement. Je l'explique aux parents. Le choc a eu lieu juste après une grande courbe qu'il est impossible de négocier en dormant. Je crois que le conducteur roulait beaucoup trop vite quand il s'est brutalement retrouvé derrière la Clio au moment même où cette dernière doublait l'AX des jeunes gens. L'alcool perturbant ses réflexes, il n'a même pas freiné. Seule la vitesse pourrait expliquer la formidable violence du choc. Le magistrat semble avoir eu les mêmes doutes que moi. Il a ordonné une expertise des voitures qui a permis d'évaluer la vitesse de la XM à plus de 160 km/h au moment de la collision. A la sortie de cette grande courbe, dans la bretelle d'accès à l'autoroute, la vitesse est limitée à 110 km/h. L'improbable assoupissement du conducteur n'est donc qu'une dérisoire tentative pour cacher la vérité. Le plombier est arrivé trop vite derrière deux voitures qui circulaient deux fois moins rapidement que lui. Sans l'abus d'alcool, il aurait peut-être essayé de freiner. Mais à cette vitesse, la collision était inévitable.

La tonne et demie de la XM, lancée à pleine vitesse, a pulvérisé le réservoir d'essence de l'AX. Le carburant projeté sur le pot d'échappement brûlant, les courts-circuits provoqués par les feux de position ont déclenché l'incendie. Catapultée à plus de soixante-dix mètres, la voiture des jeunes gens a fait plusieurs tonneaux, provoquant un nouveau court-circuit, cette fois sous le capot avant. Ce qui explique pourquoi la combustion a été aussi violente, pourquoi elle n'a laissé aucune chance aux occupants abandonnés par le chauffard dans la prison de la voiture en flammes.

Un autre silence s'installe en face de moi, plus tendu cette fois.

Reste à expliquer cette fuite dans les champs. Devant le juge, le responsable sert l'excuse, sans doute soufflée par son avocat : « J'ai paniqué, je ne savais plus ce que je faisais, j'ai dit à mon copain : C'est grave, viens vite. Il était à moitié inconscient. Il ne s'est rendu compte de rien. » Je n'y crois pas non plus. La panique n'explique pas le passager blessé porté à bout de bras sur cinq kilomètres, l'absence d'appel au secours pendant deux heures, le coup de fil au copain, le rendez-vous fixé à la gare de Rungis. Cela ressemble davantage à un scénario avorté. On fuit les lieux avec le seul témoin compromettant. Au matin, on déclare sa voiture volée et on met l'accident sur le compte des voleurs introuvables. Dans un autre de mes dossiers, la même histoire a été imaginée par un ancien pilote de rallye qui venait de percuter un cycliste. Les gendarmes ont mis plus de deux semaines à le confondre.

Les accidents sont tous différents, les chauffards toujours les mêmes. Chaque année, j'ai mon lot d'imbibés, d'excités du volant, d'accros du champignon, de brûleurs de stop, d'imbéciles inconscients. Pas un, après l'accident, qui soit capable de reconnaître sa faute, d'accepter sa responsabilité. Pas un qui se soucie de l'état des victimes ou de la famille de celui qu'ils viennent de tuer. Face aux policiers ou au juge, ils vont singer l'amnésie, le malaise ou l'endormissement, maintenir contre l'évidence qu'ils roulaient normalement, qu'ils n'avaient rien bu, qu'ils se sentaient capables de conduire, jurer que l'autre allait trop vite, a fait un écart, s'est jeté sous leurs roues. Pas un sur des centaines de dossiers. Cette vérité aussi, je la dois aux parents assis devant moi.

J'ai connu des virtuoses du mensonge et de l'indifférence. Ce gamin sans permis qui, après l'accident, se rue sur son portable pour demander à sa mère de venir s'installer à sa place, au volant. Cet automobiliste normand, penché sur le motard à qui il vient d'arracher un pied, lui répétant qu'il n'est pas responsable en lui soufflant au visage une haleine empestant l'alcool. Cet autre défoncé qui a eu le temps d'installer son passager, déjà mort, au volant avant l'arrivée des policiers. Ce représentant de commerce, en Isère, qui renverse un gamin sur un cyclomoteur et le regarde se débattre dans les flammes sans sortir la couverture qu'il garde dans son coffre. Ce père de famille qui, la nuit, percute un piéton, soutient aux gendarmes qu'il s'agit d'un chien errant et laisse sa victime agoniser toute la nuit dans un fourré.

Cette constance dans la lâcheté, l'inconséquence, le mépris de l'autre devrait alarmer davantage. Elle me préoccupe depuis longtemps. Les hommes et les femmes capables de cela sont aussi ceux qui pensent que les règles de la route sont faites pour les autres, les limitations de vitesse pour les conducteurs débutants, les radars pour remplir les caisses de l'Etat et les ballons pour les mauviettes qui ne tiennent pas l'alcool. Quand ces gens-là tuent, il ne s'agit plus pour moi de « délits non intentionnels », commis selon le code pénal « par imprudence, maladresse, inattention ». C'est beaucoup plus que cela : une forme d'incivisme, de délinquance chronique autour de la bagnole, des fantasmes qu'elle suscite, de la jouissance qu'elle procure. Je tente de faire comprendre cela depuis des années aux magistrats, aux pouvoirs publics. En vain.

Les victimes, elles, le découvrent toujours dans la douleur. Après l'accident, les familles pensent souvent qu'il s'agit sans doute d'une fatalité, que cela peut arriver à tout le monde, que le bonhomme en face doit être lui aussi anéanti par les conséquences de sa faute. Elles s'étonnent simplement que le responsable du désastre n'ait pas pris de nouvelles ou écrit pour faire part de ses regrets. Quand elles découvrent le procès-verbal d'enquête, les auditions du chauffard, la facilité avec laquelle il est prêt à justifier ses erreurs, à travestir ses comportements, à charger sa victime, la colère prend le dessus. Et la soif de justice.

« Qu'est-ce qui va se passer maintenant pour ces salauds ? » me demande le père de Thibaut.

« Et pourquoi sont-ils en liberté ? ajoute celui de Robin. Est-ce que le juge croit leurs conneries ? »

La remise en liberté du plombier, trois mois après les faits, a du mal à passer. J'explique que ces trois mois de détention provisoire sont déjà exceptionnels, que cela prouve au contraire que le juge n'a accordé aucun crédit aux explications des deux hommes, qu'il a voulu confronter leurs versions, les pousser à l'aveu. Mais à présent toutes les auditions ont été faites. Le conducteur ne peut plus influencer les témoins et rien ne justifie son maintien en prison.

« Maintenant, il faut être patient. Attendre les résultats de l'expertise, la clôture de l'instruction. Si le juge fait bien son travail, le conducteur sera renvoyé devant le tribunal pour homicide involontaire en état d'alcoolémie, délit de fuite et peut-être même mise en danger délibérée de la vie d'autrui. Quant au passager, j'espère bien qu'on retiendra contre lui une complicité dans la fuite et la non-assistance à personne en danger. »

Comme beaucoup de mes confrères, je n'ai pas une énorme sympathie pour les juges d'instruction. J'en ai trop vu enterrer ou bâcler les dossiers d'accident parce qu'ils n'y voyaient aucun intérêt. Un meurtre bien médiatique ou un homme politique soupçonné de corruption sont des affaires beaucoup plus émoustillantes et propres à accélérer les carrières. Mais je reconnais que le magistrat de Créteil s'acquitte de sa tâche avec diligence et sérieux. De plus, il n'est pas de ces juges qui renâclent à recevoir les victimes ou à les informer, qui méprisent les parties civiles au motif qu'elles n'apportent rien à l'instruction, ne cherchent qu'à se venger et que la justice, impartiale et sereine, ne doit pas être polluée par de tels sentiments.

Le besoin de vengeance des victimes est un de ces dogmes imbéciles auquel la justice française reste agrippée depuis des siècles. Comme en son temps le caractère dissuasif de la peine de mort et, encore aujourd'hui, la certitude que les erreurs judiciaires sont rarissimes. Au nom de ce dogme, on délivre l'information au compte-gouttes, on tient les familles à l'écart de l'instruction comme du déroulement du procès, on ne donne aux victimes que le droit de réclamer de l'argent et on leur interdit de faire appel si elles jugent dérisoires la sanction infligée au responsable. Ce besoin de vengeance, je ne l'ai jamais rencontré chez mes clients. Et pourtant, je prends grand soin d'ausculter leur tête et leur cœur : « Qu'éprouvez-vous à l'égard du responsable ? Que voulez-vous connaître de lui ? Que feriez-vous s'il demandait à vous rencontrer ? » Mon insistance peut surprendre. J'ai besoin de savoir ce qui anime vraiment tous ceux qui me confient ce qu'ils ont de plus précieux : la mémoire de leur gosse, de leur mari ou de leur père. Les réponses sont d'une grande dignité. Certes, je n'y ai pas souvent trouvé le pardon chrétien, mais jamais non plus ce fameux désir de vengeance. Au pire, on souhaite parfois que le responsable connaisse un jour la même souffrance. Mais le plus souvent on attend seulement que justice passe, que la sanction ouvre enfin les yeux du chauffard et lui ôte la possibilité de recommencer.

« Que risquent-ils ? » me demande la maman de Thibaut.

C'est l'instant le plus difficile pour moi. Je pourrais m'en tirer en citant les articles du code. Je sais que certains de mes confrères laissent planer la possibilité d'un châtiment exemplaire pour conforter la confiance de leurs clients. Je ne me résous pas à leur mentir. Même s'il faut leur expliquer que les peines maximales prévues par la loi sont très rarement appliquées, que la plupart des chauffards en sont quittes pour une peine avec sursis, que la France ne prévoit pas l'interdiction de la conduite à vie, même pour les multirécidivistes, que dans la même audience correctionnelle on peut voir le vol dans un supermarché plus durement réprimé que la mort sur la route.

Leur expliquer cela m'est toujours pénible. Non à cause de leur probable déception mais parce que cette situation m'est intolérable. Ne pas appliquer la loi dans toute sa rigueur, c'est ne pas reconnaître la délinquance routière, fermer les yeux sur le massacre avec ses milliers de morts et sa centaine de milliers de blessés par an. Laisser repartir le chauffard du tribunal, les mains dans les poches, avec un simple sursis et parfois même son permis de conduire, revient à lui dire : « Tout cela n'est pas très grave. Ce n'est pas comme si vous aviez tué quelqu'un. »

Je soupçonne un grand nombre de magistrats de juger en automobilistes, de rester persuadés qu'il existe un fossé entre un chauffard, même alcoolique, et le dernier paumé d'un gang de banlieue, tenu, lui, pour un vrai délinquant, de penser que les conduites en état d'ivresse et les homicides involontaires encombrent inutilement leurs audiences. Les parents d'Audrey, Thibaut et Arnaud ont écouté sans un mot mes explications. Le cœur serré, je les ai regardés repartir, plus anéantis que jamais. Leurs enfants sont morts dans des conditions atroces. Les responsables de leur mort n'ont aucune excuse. Ils ont, sur les lieux de l'accident comme devant le juge, fui les conséquences de leurs actes. Mais ils seront sanctionnés avec bien plus d'indulgence que ne le prévoit la loi. Et c'est moi qui suis chargée de faire accepter tout cela. Moi qui dois lire, dans les yeux des victimes ou de leur famille, cette résignation amère qui succède à la colère. Comme je l'ai lu chez tant d'autres depuis tant d'années.

On n'apprend pas à être l'avocate des victimes

Il n'y a pas de professeurs, pas d'enseignement, pas de diplômes. En France, le droit des vies saccagées, des corps mutilés, qui se plaide bien loin des cours d'assises, n'a jamais fait rêver. Pour les séries télévisées comme pour les magistrats et la plupart de mes confrères, l'avocat, le vrai, se trouve de l'autre côté du prétoire, auprès du banc des accusés. Défendre le présumé coupable, le peut-être innocent, fouiller des centaines de pièces à la recherche du vice de procédure qui ruinera toute l'instruction, remodeler les faits pour faire naître le doute qui sauvera le client, voilà le grand art.

Les braqueurs, les meurtriers, les corrupteurs fascinent bien davantage que les accidentés de la route, les transfusés contaminés ou les intoxiqués de l'amiante. « Les victimes sont allées jusqu'au bout de leur disgrâce : elles ennuient », remarquait, avec une terrible lucidité, Albert Camus. Sans doute parce qu'elles semblent transparentes, univoques, identifiables à leur plainte. Le coupable, lui, passionne. Le mal dont il est soupçonné lui confère une aura immédiate. Ses dénégations, ses demi-vérités et même ses divagations font supposer une épaisseur, une densité.

L'avocat pénaliste est le premier à succomber à cette fascination. Je n'y ai pas échappé lors de mes premières années de barreau à Marseille. J'ai défendu avec passion des petits truands, des escrocs, les gourous allumés d'une secte de pacotille et même des violeurs, moi, la militante féministe du CODIF. Passer outre mes convictions et ma morale pour faire respecter les droits de la brute comme du minable me semblait être la raison d'être de l'avocat, cultiver le doute jusqu'au paradoxe le comble du romantisme judiciaire. Je me souviens particulièrement du procès d'un ancien policier pour attouchements puis viol sur ses filles. Il m'avait juré son innocence. Tout l'accablait, du témoignage de ses victimes à ceux de ses anciennes épouses en passant par son incapacité à articuler une explication cohérente de l'acharnement de toute une famille. J'avais fini pourtant, non par le croire, mais par imaginer l'hypothèse d'un complot, d'une vengeance noircissant à posteriori des comportements juste ambigus entre père et filles. Et je m'acharnais avec un certain succès à relever les contradictions, les invraisemblances des témoignages et des accusations. Jusqu'au moment où, en pleine audience, mon client, sans prévenir, passa aux aveux en jurant qu'il s'agissait d'une authentique histoire d'amour.

Toute ma stratégie de défense s'écroulait. J'étais pourtant incapable de lui en vouloir. Au contraire, je le voyais soudain différent. Le machiste sommaire se muait en amoureux scandaleux et tragique. Tout en moi savait pertinemment qu'il s'agit là de la justification classique des pères incestueux, de leur façon perverse d'enchaîner leur victime, de les réduire au silence par la culpabilité. Qu'importe : entraînée par ma robe d'avocat, j'avais trouvé mon héros et le ton de ma plaidoirie. Mon lyrisme n'a pas convaincu : les jurés lui ont collé douze années de réclusion. Je me souviens d'avoir pleuré le soir, certaine qu'il allait se suicider en prison.

Je ne suis pas une grande avocate d'assises. Pas assez de cynisme, trop de sentiment. Trop d'empathie avec ceux que je défends. Je finis toujours, en épousant leur cause, par oublier ce que je suis. Je me laisse aspirer dans leur univers, dans leur extravagance, ou du moins dans celle que naïvement je leur prête. J'ai défendu, à cette époque, un architecte portugais qui multipliait les escroqueries. Au bout d'un mois, je me suis surprise à échafauder avec lui les plans d'un casse idéal en passant par les égouts de Marseille à la manière du célèbre Spaggiari.

Dès le lendemain, j'ai mis fin à ma jeune carrière de pénaliste. D'un coup, j'avais pris conscience de l'ampleur de ma dérive. Si je continuais sur cette voie, je ferais bientôt passer des armes en prison, louerais des hélicoptères pour organiser des évasions. A court terme, c'était, au mieux, la radiation du barreau, au pire, la prison. J'avais deux petites filles à élever seule. Les coups de folie, si romantiques soient-ils, m'étaient interdits.

J'ai choisi pour développer mon cabinet marseillais, une voie moins périlleuse : le droit familial, celui des divorces et des gardes d'enfants. Mais je n'ai pu m'empêcher encore une fois d'y cultiver le paradoxe. C'est ainsi que l'ancienne militante féministe est devenue, à trente ans, l'avocate du Mouvement de la condition paternelle. Mon ex-mari était parti en me signifiant son désir de ne plus jamais revoir ni moi ni mes filles, et je me battais pour obtenir le droit de garde pour les pères divorcés !

Il y a sans doute dans ce choix un peu de provocation, peut-être une culpabilité inconsciente d'avoir privé mes enfants de père. Mais à l'époque, je suis surtout révoltée. Révoltée contre un dogme imbécile qui fait de la mère le seul garant de la stabilité des enfants. Révoltée contre ces juges de Marseille et d'ailleurs qui refusent systématiquement la garde alternée et octroient royalement cinq heures de visite par semaine tous les quinze jours au père. Tout cela au nom de l'« intérêt de l'enfant » sans même lui avoir une seule fois adressé la parole. Révoltée contre ces cours d'appel qui confirment les décisions du juge sans ouvrir le dossier.

Ma révolte n'est ni intellectuelle ni politique. C'est ma propre expérience qui la nourrit. Je vois bien alors que mes propres gamines auraient besoin de la présence, même épisodique, d'un père. Je vois bien que mes clients crèvent de ne pas voir leur enfant, que leur demande n'a rien d'un règlement de comptes contre leur ex-femme. Pourquoi les magistrats ne voient-ils pas ce qui me saute aux yeux ? Je ne tarde pas à comprendre – et j'en suis toujours convaincue – que la justice, quand elle s'invite dans les familles, provoque plus de dégâts collatéraux qu'elle ne règle de problèmes.

Qui veut intervenir dans des relations affectives, surtout quand elles sont en crise, doit faire preuve de prudence, d'une écoute patiente et d'une grande économie de moyens. Les JAF (juges aux affaires familiales), comme on les appelle désormais, n'ont pas ces qualités-là. Nommés à ces postes en début de carrière, ils débarquent tous frais émoulus de l'Ecole nationale de la magistrature, sans aucune expérience de la vie, bardés de certitudes, avec l'unique souci d'imposer leur toute neuve autorité. Les autres choisissent les affaires familiales après avoir été substituts du procureur ou juges d'instruction et, gardant leurs manières d'antan, traitent les couples en rupture comme s'il s'agissait de jeunes délinquants.

J'ai connu à ce poste pendant des années une vieille fille, impropre sans doute à toute autre fonction, qui se rendait chaque jour à ses audiences munie de son filet à provisions rempli par une visite matinale au marché tout proche. Elle rendait des ordonnances fortement influencées par le thème astral des justiciables quand elle ne délibérait pas, dans les cas les plus sérieux, avec la Vierge Marie. Je dois à l'honnêteté de préciser qu'elle ne fut pas la pire des JAF de Marseille. Elle vouait bien sûr aux hommes une hostilité de principe, mais je réussissais souvent à l'amadouer, pour le bénéfice de mes clients, avec quelques considérations astrologiques.

Les autres magistrats, ceux qui ne confèrent pas avec les planètes, ne sont pas moins sous influence. Ils justifient leurs décisions par des enquêtes sommaires commandées à un psychologue scolaire ou aux services de l'aide sociale. Comme si tous ces gens pouvaient avoir un regard objectif et indépendant sur une réalité dans laquelle ils sont quotidiennement impliqués. Je n'ai rien contre les travailleurs sociaux quand ils volent au secours des familles en détresse. Je m'en méfie quand ils prétendent juger la complexité des relations affectives, bousculer parents ou enfants au nom de leurs propres modèles d'éducation. J'ai lu, ces années-là, des centaines de ces rapports calamiteux, cultivant une psychologie de bazar, qui concluaient invariablement à l'« instabilité parentale », à la nécessité d'éloigner les enfants ou à l'« urgence de la mise en place de mesures éducatives ». Car il était dans la nature même de la Direction des affaires sanitaires et sociales de l'époque de postuler l'incapacité des familles à régler leurs propres problèmes et de justifier, par voie de conséquence, son intervention permanente.

Marseille, en ce début des années 1980, c'est l'avant-garde de la fracture sociale. Le chômage galopant, l'intégration manquée des immigrations successives rongent les vieilles solidarités méditerranéennes. Au Panier, un des plus vieux quartiers populaires de la ville, une famille à la dérive, un enfant battu provoquent encore la mobilisation des voisins. Dans l'anonymat des HLM des quartiers nord, c'est autre chose. Les petits soldats de l'aide sociale, eux, croient toujours en la toute-puissance de l'Etat-providence. Ils débarquent dans les foyers avec une seule devise : « Nous savons mieux que vous ce qui est bon pour vous. » Au fond d'eux, la plupart des JAF pensent exactement la même chose. L'une de ces magistrates, à qui je demandais pourquoi son avis serait plus fondé que celui de mon client ou le désir de son enfant, m'a rétorqué : « Les couples qui se déchirent ne sont plus des adultes éclairés. Ils se comportent comme des enfants. C'est à nous d'incarner la raison. » Les enquêtes des travailleurs sociaux parlent aux juges la langue qu'ils veulent entendre. Elles deviennent dès lors paroles d'évangile, preuves irréfutables en dépit des évidences.

Mme A., une de mes anciennes clientes, en sait quelque chose. Sa fille de dix-huit ans était partie à la dérive vivre avec un jeune homme tout aussi instable qu'elle mais drogué de surcroît. Lorsque la gamine tombe enceinte, Mme A. espère que le couple va se stabiliser. Les premiers mois d'existence de Maxime semblent lui donner raison. La jeune femme s'occupe de son bébé, la grand-mère est omniprésente, prodigue conseils, soins et argent. Mais très vite, les choses se dégradent. La mère retombe dans la dépendance, son compagnon devient violent, Maxime est laissé à l'abandon. Mme A. s'alarme, supplie, menace. Rien n'y fait. Elle signale les coups au procureur, sans effet. Elle a alors l'idée de saisir le juge des enfants.

Ce dernier confie une enquête à une assistante sociale. Le rapport conseille d'enlever l'enfant au jeune couple mais sans le confier à sa grand-mère qui, « trop critique sur la mère et son compagnon, dévalorise l'image parentale ». Je proteste : ma cliente est directrice d'école, elle adore son petit-fils, qui le lui rend bien, et son attitude vis-à-vis de sa fille est parfaitement justifiée. Peine perdue, le juge, sans même recevoir Mme A., entérine les élucubrations de l'enquête sociale. A trois ans, Maxime est placé dans une famille d'accueil. La grand-mère disposera d'une demi-journée de visite par semaine. Pour la remercier sans doute d'avoir fait confiance à la justice. Catastrophée, elle débarque en urgence dans mon cabinet et je fais appel de la décision.

Six mois plus tard, nouveau rapport de la même assistante sociale : « Après chacune des visites de sa grand-mère, Maxime demeure triste et prostré. » On pouvait s'en douter. La conclusion du rapport, elle, laisse pantois : « Il faut limiter drastiquement les visites. » Et le juge entérine une fois de plus. Je sens que je ne pourrais stopper cette machine infernale qu'avec le secours de l'opinion. *Le Provençal*, alerté, s'interroge dans un formidable article d'une demi-page : que fait un enfant de trois ans dans une famille d'accueil alors que ses grands-parents sont parfaitement qualifiés pour s'en occuper ? Devant la cour d'appel d'Aix-en-Provence, le juge et son assistante sociale seront désavoués.

Vingt ans après, je vois que les mêmes aveuglements aboutissent au naufrage judiciaire d'Outreau. Un petit juge d'instruction inexpérimenté envoie des dizaines d'innocents en détention préventive et les sépare de leurs enfants sur la seule foi d'enquêtes des services sociaux qui noircissent le tableau, non plus pour justifier leur activisme (l'époque a changé, l'Etat-providence a pris du plomb dans l'aile), mais pour faire oublier leur passivité, leur incroyable aveuglement pendant des années sur les sévices subis par ces enfants. Vingt ans ont passé. Les réformes de la justice se sont empilées par dizaines et les magistrats piétinent toujours allégrement les libertés.

Ces années-là, je rentre donc en rébellion contre ce qui me semble être arrogance administrative, ingérence brutale et sans discernement dans le plus sacré de la vie privée. Je n'ai pas beaucoup d'armes légales. Le code de procédure, en quelques petites phrases sommaires, dépouille les parents de toutes garanties et donne au JAF les pleins pouvoirs dans le secret de son cabinet. Alors, pour rééquilibrer le combat, j'apprends à me servir de l'opinion des médias. J'incite mes papas ou mes grands-parents en souffrance à entamer des grèves de la faim, à s'enchaîner aux grilles du palais de justice et même parfois à se cacher avec leurs enfants pour provoquer le scandale d'une interpellation. Les journalistes s'emparent de l'affaire et les magistrats qui, souvent, redoutent l'effet d'une publicité tapageuse sur leur tranquille carrière acceptent d'écouter mes arguments.

Mon activisme indispose. Le procureur de Marseille, qui n'est pas encore un célébrissime avocat général, me convoque dans son bureau : « Vous êtes jeune, vous avez des bouches à nourrir, voulez-vous finir au chômage ? » Je me soumets momentanément, mais l'orage passé, je persévère dans mes stratégies de rupture. Mon cabinet ne désemplit pas. Aux militants de la condition paternelle s'ajoutent des grands-parents dépossédés de leurs petits-enfants, des affaires de gamins enlevés à l'étranger par un de leurs parents. Mes coups d'éclat me valent une petite notoriété. Je prépare avec une chaîne de télévision un voyage commando au Québec pour enlever un petit garçon que les conventions internationales sont impuissantes à restituer à sa mère. Je vis à cent soixante à l'heure. Je ne sais pas encore que ma vie va basculer.

L'amour n'est pas tout-puissant

On ne choisit pas d'être l'avocate des victimes. Cela vous tombe dessus un sale matin. Le 3 octobre 1993 à 11 heures du matin, sur la route de Châtillon-sur-Seine en Côte-d'Or, j'ai eu cet accident qui a changé ma carrière et ma vie. C'est là la version officielle, celle que je donne aux journalistes quand ils m'interrogent sur l'origine de mon engagement aux côtés des victimes de la violence routière.

L'explication est exacte mais incomplète. Je m'en contente le plus souvent car pousser plus loin la confidence est encore aujourd'hui difficile, douloureux. En réalité, ma vie a quitté définitivement ses rails, dix ans avant mon accident, dans la chambre d'une clinique de Marseille. C'est là que j'ai vu pour la première fois le bonheur tourner soudain à la tragédie. C'est là que j'ai découvert ce qu'il en coûte de n'être pas crue, d'être abandonnée à la souffrance, de buter sur un mur absurde d'incompétence, de morgue et de lâcheté. Là que j'ai appris la solitude de ceux qui doivent faire face au silence, aux regards gênés, aux propos lénifiants, aux portes qui se ferment. Un petit avant-goût de ce qu'endurent les victimes que j'assiste aujourd'hui.

J'attendais Eva, ma troisième fille. J'avais choisi pour accoucher une clinique marseillaise refaite à neuf, dotée d'un plateau technique et d'un personnel réputé. Je voulais pour cette naissance tant désirée tout le confort et toute la sécurité. Seule ombre au tableau : le gynécologue d'un autre âge me traitait avec un paternalisme un peu hautain. Il n'appréciait ni ma profession ni mes engagements. Tout au long de ma grossesse, il m'a répété que la place d'une femme enceinte était à la maison. Je m'en moquais. Marseille m'avait habitué au machisme sommaire. Je me sentais tout à fait capable de travailler. Je ne suis pas allée au bout des neuf mois. Un soir, au retour de vacances en montagne, un coup de poignard a déchiré mon ventre. A la clinique, le médecin m'a à peine examinée. « Cessez de vous plaindre à la moindre douleur. Je vous verrai demain », a-t-il asséné. Et il est parti retrouver le dîner qui l'attendait. Je suis restée seule avec ma souffrance et mes angoisses. Lorsque l'hémorragie a commencé, j'ai appelé en vain. Les consignes étaient strictes : on ne dérangeait pas le docteur.

Quand il est enfin arrivé, au matin, j'ai lu la panique sur son visage. On a préparé une césarienne en urgence. Il a dit à ma mère : « Décollement placentaire, j'ai dix minutes pour la sauver. » Il m'a sauvée. Il a aussi sauvé le bébé. Eva, bébé prématuré de six mois, n'était pas brillante mais elle vivait. Quand je l'ai revu, quelques semaines plus tard, le gynécologue a balayé mes reproches, faisant retomber sur moi toute la responsabilité de ce qui s'était passé : « J'ai fait ce que j'avais à faire. Vous, vous n'avez pas fait votre boulot de femme. On ne peut pas mener de front carrière et maternité. » J'aurais dû le gifler. Je ne l'ai pas fait. Ma fille braillait au fond de sa couveuse, c'est tout ce qui m'importait.

Toute mon énergie était concentrée sur un seul objectif : récupérer mon enfant, la serrer contre moi, effacer l'épreuve de sa naissance prématurée. Je crois que j'ai vécu ces années-là dans l'illusion de la toute-puissance de l'amour. J'avais voulu Eva comme une consécration, une revanche sur le passé. Mon premier mariage avait été un échec complet. J'étais trop jeune, immature. La maternité m'avait surprise, dépassée, perturbée. Mes débuts d'avocate, les affrontements avec mon mari ne laissaient aucune place à mes deux filles. Pour elles, je n'ai pas été une bonne mère. Avec le père d'Eva, tout devait être différent. Lui aussi avait connu un premier échec. Nous voulions, tous deux, oublier un passé désastreux. Nous avions désiré ce bébé pour réparer toutes nos erreurs, vivre enfin ce que nous n'avions pas vécu. J'avais même l'impression que Maya et Romy, mes deux aînées, attendaient impatiemment cette naissance, comme pour s'assurer qu'elles avaient enfin une famille. Je n'allais pas laisser l'aveuglement borné d'un médecin gâcher ce rêve.

Eva était le centre de mon existence. Pour la première fois, je négligeais mon métier d'avocate. Je quittais mon bureau toutes les deux heures pour me précipiter à la clinique, l'allaiter, lui parler, la bercer. Au bout de quinze jours, les médecins ont baissé les bras : « Cette gamine n'est bien qu'auprès de vous. Dès que vous repartez, elle se met à hurler. » On a équipé la maison d'une chambre stérile et ma petite prématurée a continué son chemin vers la vie, entourée par ses sœurs et ses parents.

C'était le premier miracle de l'amour. Il ne pouvait qu'en annoncer d'autres. Je n'en ai pas douté un seul instant, même quand on m'a annoncé l'infirmité de mon enfant. Le choc, pourtant, a été rude. Personne ne nous avait mis en garde. Personne ne nous avait expliqué les risques du bébé pendant un décollement placentaire qui, faute de diagnostic, se prolonge pendant des heures, le manque d'irrigation du placenta, l'asphyxie progressive de l'enfant.

Et même quand les premiers problèmes ont surgi, le silence a continué. Je voyais bien qu'Eva était différente des deux autres ; elle était en retard sur tout. Mais le pédiatre ne voyait rien d'inquiétant ou expliquait tout par la naissance prématurée. Et à l'hôpital où j'étais allée consulter, on haussait les épaules, on m'exhortait à la patience. Pourquoi m'a-t-on caché aussi longtemps la vérité ? Pourquoi les médecins répugnent à prononcer les mots qui fâchent, à énoncer le handicap définitif, à expliquer ses lourdes conséquences ? Par précaution, m'ont-ils ensuite expliqué. Chez un nourrisson, le diagnostic est délicat et on ne peut rien conclure avant un ou deux ans. Je ne crois pas à cette prudence. Ou plutôt, je suis sûre qu'elle a une tout autre explication : la peur qu'un verdict précoce et parfaitement documenté n'incite les parents à quelque geste irréparable pour épargner à leur enfant un calvaire inévitable. Chez les médecins, on défend d'abord la vie. La vie dans tous ses états. Par principe et même au prix de quelques arrangements avec la vérité.

C'est au bout de six mois que j'ai su. Un professeur parisien à qui j'avais amené Eva a froidement laissé tomber le verdict : « Mais cette gosse est une

IMC. C'est évident. On ne vous a donc rien dit à Marseille ? » IMC, infirme moteur cérébral : je me suis fait traduire. Une vraie saloperie irréversible. Les cellules du cerveau ont été stoppées dans leur développement et comme, contrairement à d'autres cellules, elles ne peuvent pas se reproduire, l'enfant peut présenter au mieux quelques troubles de coordination, au pire ne pas voir, ne pas entendre ou ne pas pouvoir parler. Aujourd'hui on sait, grâce aux travaux de médecins américains, que cette infirmité peut évoluer si on intervient très vite. En stimulant quotidiennement l'enfant, on peut obliger certaines cellules intactes à compenser la déficience des autres. Le handicap demeure, mais à raison d'un travail acharné, d'une volonté sans faille, on peut réveiller un peu de ce cerveau assoupi, empêcher que la prison ne se referme, gagner un peu de conscience, de mobilité, d'autonomie.

A l'époque, j'ignorais l'existence de ces expériences américaines. Les médecins français n'en parlaient pas. Internet n'existait pas et l'information circulait beaucoup plus mal qu'aujourd'hui. Pourtant, je suis sûre que l'amour a sauvé Eva du pire, en remplaçant, de manière improvisée et désordonnée, le programme de stimulation imaginé de l'autre côté de l'Atlantique. Avant de connaître son infirmité, nous étions déjà tous, son père, ses sœurs et moi, mobilisés autour du bébé comme si notre chaleur devait remplacer celle du ventre qu'elle avait trop tôt quitté. Après le verdict du mandarin parisien, nous avons redoublé d'attention, de câlins, de jeux, de présence, persuadés que si nous avions déjà sauvé la petite prématurée, nous pouvions aussi effacer sa malédiction.

Chacun de ses progrès, au milieu de tous ses retards, semblait confirmer cette foi. Eva ne savait pas s'asseoir mais elle parlait déjà. Elle ne tenait pas debout mais était curieuse de tout, riait aux éclats, dévorait la vie. Eva devait aller à l'école comme tous les autres enfants. Eva devait faire du poney, du piano, de la natation comme tous les autres enfants. Rien ne pouvait résister à la force de ma conviction. Ni le scepticisme des médecins, ni l'opposition des directeurs d'école, ni les réticences des institutrices ou des moniteurs. Je savais persuader, séduire ou menacer. Ma réputation d'avocate incontrôlable, celle du père d'Eva, journaliste connu à Marseille, finissaient par triompher.

J'étais ivre de mes victoires, sûre de faire reculer la menace et même de la faire un jour disparaître. Je ne voyais rien d'autre. Ni les échecs, ni les à-peu-près, ni la somme d'énergie et les dépenses abyssales qu'il fallait consentir pour nourrir le rêve. Pendant toutes ces années, Eva n'était pas handicapée. Ni pour moi ni même pour son père et ses sœurs. Et elle-même peut-être ne percevait-elle pas sa différence. Je ne sais pas. Je ne lui ai jamais demandé. Parce qu'ensuite l'illusion s'est effondrée.

Je ne sais pas quand ni comment j'ai compris que l'amour n'était pas tout-puissant. Cela reste confus en moi parce que la débâcle n'eut rien de glorieux et que j'ai du mal encore à y revenir. Ce fut, je crois, un désenchantement progressif. L'accumulation des problèmes dont personne ne m'avait parlé, les douleurs quotidiennes qui tétanisaient son petit corps déformé, l'émotivité maladive qui paralysait parfois son âme à vif, la succession des interventions chirurgicales nécessaires tout au long de sa croissance mais dont les résultats restaient décevants, tout cela a eu sans doute raison de mon emportement lyrique.

Peut-être ai-je aussi perçu, chez Eva, la première conscience de son infirmité. A l'école, le regard des autres n'avait pas la même tendresse qu'à la maison. L'intervention inévitable des étrangers, des chirurgiens, des kinés, des professeurs, brisait le cercle magique des certitudes. Le cocon familial devait avouer ses limites. Eva avait des colères soudaines derrière lesquelles je devinais les premières blessures. Sans doute ne parvenait-elle plus à concilier l'image que nous lui avions forgée avec celle que lui renvoyait le monde extérieur. Ou, plus simplement, avait-elle envie de jouer au foot et de courir sur la plage comme les autres. Je ne peux qu'imaginer. J'étais incapable d'en parler avec elle, incapable de faire face à l'effondrement de mon illusion. Au même moment, mon couple s'est peu à peu délité. Le père d'Eva avait sans doute renoncé plus vite que moi à l'utopie de l'amour réparateur. Ou peut-être n'avait-il fait semblant d'y croire que pour me faire plaisir, abandonnant le masque à mes premiers signes de faiblesse. J'ai vu dans ces yeux que j'étais coupable de quelque chose. Nous n'en avons pas parlé. Nous nous sommes déchirés. Et ce désamour a précipité la débâcle de ma confiance. A moins que ce ne soit l'inverse.

Je ne sais qu'une chose. Mieux vaut n'avoir jamais eu cette illusion plutôt que de la perdre. Cette perte-là fait des ravages dont on ne se remet pas. Qu'est-ce qu'une mère qui n'a pas su sauver son enfant ? Comment pourrait-elle regarder en face la souffrance de sa fille ? Comment échapper à une culpabilité aussi délirante que le fantasme précédent d'un amour tout-puissant ? J'avais donné à Eva une vie tronquée et, chaque fois que je la regardais, je ne voyais plus que le malheur. Je me suis enfoncée dans le silence, incapable de poser à ma fille les questions qui me brûlaient mais dont je redoutais tant les réponses.

Alors j'ai choisi la fuite en avant, dans le travail encore, puis dans une autre passion. J'ai brisé le rêve que j'avais bâti, lentement, obstinément, à coups d'éloignements progressifs, de mensonges répétés. J'ai quitté le père d'Eva. J'ai quitté Marseille pour Paris. J'ai délaissé ma fille handicapée. J'ai couru aux quatre coins du monde pour oublier. Je me suis sentie libre et monstrueuse.

Suis-je coupable ?

J'ai compris bien plus tard la nature de la machine infernale qui a déchiqueté ma vie à ce moment-là. Et, comme souvent, ce sont mes clients qui m'ont tendu un miroir. Mais j'ai mis du temps à accepter la leçon. Combien de fois, pourtant, ai-je entendu la petite musique du remords ? Souvent lors du premier contact, de la première rencontre avec la famille d'un accidenté. En fin de rendez-vous, après qu'on a longtemps évoqué les circonstances, les responsabilités, le déroulement de procédure. Il y a généralement un court silence, puis le père ou la mère, le mari ou la femme reprend d'une voix altérée par l'émotion : « Le pire, voyez-vous, c'est qu'il ne devait pas sortir ce soir-là. Je ne voulais pas à cause du lycée. Il a tellement insisté que j'ai fini par céder. Je ne peux pas m'empêcher de penser que si j'avais été plus ferme... »

Autant de drames, autant de variations sur la même obsession : « Le matin de l'accident, il a pris ma voiture. Il tenait à me laisser le 4 × 4 pour conduire les enfants chez leurs grands-parents. Si j'avais refusé, il aurait été mieux protégé contre le choc, il serait encore en vie » ; « On est partis à l'entracte parce que j'étais fatiguée. Une heure plus tard, nous n'aurions pas croisé la route de ce fou » ; « Il est venu droit sur nous. Je n'ai pas eu le temps de réagir. Si je l'avais vu une seconde plus tôt, j'aurais peut-être pu l'éviter. Je n'arrête pas d'y penser ».

Etranges confidences entre les murs d'un cabinet d'avocat où l'on vient pour demander justice et réparation. Ces gens, qui ont vu leur vie massacrée, ont perdu leur autonomie, leur travail, un enfant ou un père, continuent pourtant à se torturer avec l'improbable hypothèse de leur culpabilité. Qu'importe si le véritable responsable de l'accident était ivre, sans permis, récidiviste, s'il a abandonné ses victimes sans leur porter secours, s'il a nié les faits. Plus les circonstances sont accablantes, plus les dénégations du chauffard sont aberrantes, et plus les victimes s'imaginent coupables, accrochant leurs remords aux plus minces prétextes. « Si j'étais parti avec lui, si j'avais pris l'escalier au lieu de l'ascenseur, si je ne m'étais pas arrêté à la boulangerie... » : lorsqu'on reconstruit le destin après coup, chaque seconde, chaque geste semble déterminant.

J'ai appris à ne pas négliger ces remords imaginaires, insidieux, parfois inconscients. Les laisser se développer conduit parfois au désastre. Quand s'ajoutent à ces questions lancinantes et absurdes une infirmité à assumer, une indemnisation qui traîne, des difficultés matérielles, je sais que les couples se lézardent, les familles se disloquent sous l'effet des reproches inavoués, des culpabilités rentrées. Au pire moment. Dans les pires conditions. J'ai appris aussi à ne pas les combattre de front. Les arguments rationnels n'ont sur eux aucune prise. Seules la justice et sa force symbolique peuvent avoir raison de la confusion qui s'est installée. A elle de mettre à plat les faits, de confronter les discours, de les départager, de dire solennellement qui est le coupable et qui est la victime. Je sais, par expérience, qu'après le jugement cessent toutes les dérives, toutes les errances des victimes. Depuis Salomon, la justice sert aussi à cela : rendre à chacun sa vérité lorsque la violence, la douleur, le mensonge ont brouillé toutes les cartes.

J'ai appris tout cela de mes clients sans songer à l'appliquer à ma propre histoire jusqu'au jour où j'ai rencontré ce jeune couple du sud de la France. L'accident était vieux de deux ans, banal et effroyable. La jeune femme avait pris la voiture pour se rendre chez son gynécologue pour le sixième mois de sa grossesse. Elle avait amené avec elle ses deux enfants âgés de cinq et trois ans. A un carrefour, la voiture avait été réduite en miettes par un camion trop pressé pour respecter la priorité. La maman avait été gravement touchée, jambes et bassin fracturés. Elle avait perdu son bébé. La fillc aînée était désormais paraplégique. Le plus jeune, moins lourdement atteint, gardait au fond de ses yeux le spectacle du massacre et le souvenir d'une atroce solitude pendant de longues minutes avant l'arrivée des secours.

Après le deuil, les mois d'hôpital, la famille avait essayé de faire face. Le procès n'avait pas encore eu lieu mais l'assurance du camion avait versé de l'argent pour parer au plus pressé. De quoi payer une aide maternelle trois heures par semaine et aménager très sommairement la maison pour la gamine en fauteuil roulant. Très vite, la jeune femme avait été à nouveau enceinte. Une autre petite fille était née. Ils avaient cru que le plus dur était passé, qu'ils allaient surmonter la catastrophe. Puis tout s'était délité. Si brusquement, si radicalement qu'ils se voyaient revenus aux pires jours d'après l'accident. La petite paraplégique était repartie loin de sa famille dans un centre de rééducation. Les médecins avaient expliqué que ses problèmes urinaires seraient mieux traités et qu'elle pourrait suivre en même temps une scolarité adaptée.

La maman s'était résignée à la séparation. Elle ne s'en sortait plus. Trois heures d'aide ménagère, c'était bien trop peu pour s'occuper de la petite, de son frère et du bébé. Surtout quand on a soi-même du mal à se déplacer. La maison, même rafistolée, se révélait impraticable : les chambres et les salles de bains étaient à l'étage, inaccessibles pour l'enfant en fauteuil roulant. A l'école non plus ce n'était pas possible. Les instituteurs refusaient de prendre la responsabilité de la gamine. L'assistante, obtenue de l'académie, ne pouvait venir que l'après-midi. La maman devait venir tous les jours pour assurer les soins d'hygiène de sa fille. La séparation n'avait rien arrangé. Loin des siens, la gamine sombrait. Une vraie dépression à sept ans. Même lorsqu'elle revenait à la maison, elle était agressive, malheureuse. Le petit frère, perturbé, avait dû retourner chez le psychiatre. La mère avait l'impression d'être seule à assumer un lent naufrage. Son mari, qui avait accepté une promotion, passait des semaines entières en voyages professionnels.

Le constat était las, presque détaché. La jeune

femme regardait son mari tristement. Un silence pesant s'installait. Je devinais à travers les hésitations, les regards, le poids de la détresse, du découragement mais aussi de tout ce qui ne pouvait pas se dire. Le bébé était sans doute arrivé trop vite. Elle en avait besoin pour combler la perte. Lui n'avait pas compris ce désir impérieux, animal, de redonner la vie. Loin de la maison, il n'avait pas porté de la même façon le poids de l'infirmité de la petite fille. Il en voulait à sa femme d'avoir accepté trop vite la proposition des médecins du centre de rééducation. Il la tenait pour responsable des dépressions des enfants. Une rancune qu'il taisait sans doute en se réfugiant dans le travail. Cette fuite, elle ne la comprenait pas. Elle se sentait injustement abandonnée.

J'ai compris tout à coup que le ressentiment dans ce couple était encore plus profond. Elle lui en voulait d'être le seul membre indemne de la famille, de ne pas mesurer le poids de la douleur, de l'infirmité. Lui avait sur l'accident un silence inquiétant. Après quelques questions, j'ai su qu'il rendait, inconsciemment, sa femme responsable de la tragédie. Pourquoi avait-elle amené les enfants ce jour-là ? Pourquoi ne pas les avoir fait garder ou confié aux grands-parents ? Avec les deux gamins derrière, son attention avait certainement été distraite. Elle aurait dû voir arriver le camion.

Inepties sans doute. Mais tant que la réalité n'a pas été dite publiquement, que le vrai n'a pas été démêlé du faux, que la responsabilité n'a pas été sanctionnée, la confusion continue à faire des ravages. Dans cette histoire, rien n'était à sa place. Ni les coupables, ni les victimes, ni cette gamine dans son centre, ni ces médecins qui palliaient les déficiences des assureurs. Ni la justice qui, deux ans après, n'avait toujours pas mis de l'ordre dans tout cela.

Je savais ce couple aux abois, cette famille au bord de l'explosion. J'aurais voulu les regarder avec toute la tendresse possible et leur dire : « Il faut que votre enfant rentre à la maison. Sans elle, sans sa présence quotidienne au milieu de vous, rien ne pourra se construire. Mais il ne faut pas que ce retour au foyer soit un échec comme le premier. Vous obtiendrez l'argent pour compenser les pertes de salaires, pour payer les aides ménagères, l'assistance scolaire si l'Education nationale est incapable de la fournir. Vous obtiendrez l'argent pour déménager, construire la maison dont Alice a besoin. Il n'y aura ni charité de l'assurance ni marchandage avec elle. Seulement le respect de vos droits. Je vais écrire au parquet pour que le responsable de votre accident soit enfin traduit devant un tribunal. Il est temps que la justice vous soit rendue. »

Je ne crois pas avoir tenu un aussi beau discours. J'étais alors submergée par une compassion impulsive, désordonnée, pour cette jeune femme assise en face de moi. J'avais envie de la prendre dans mes bras, de la consoler, d'insulter son mari qui ne comprenait rien. J'avais aussi envie de pleurer sur elle, sur moi.

Ce jour-là, j'ai enfin compris que, faute d'avoir traduit mon gynécologue marseillais devant un tribunal, j'avais laissé l'infirmité d'Eva sans responsable. J'avais laissé le champ à la confusion, aux rumeurs intérieures, au soupçon lancinant. « Si elle n'avait pas continué à travailler comme une forcenée, enceinte de six mois, si elle avait accepté d'être mère avant d'être avocate... » Je sais que le père d'Eva, lui aussi, a ruminé cela. Je l'ai lu dans son regard. Pas au début, sans doute. Pas pendant les années où nous luttions ensemble pour que notre enfant dispose de toutes les chances. Moi dans le rêve d'un amour maternel réparateur. Lui, moins excessif mais guère plus lucide que moi, refusant la fatalité du handicap. C'est plus tard, quand la réalité nous a rattrapés, quand j'ai perdu la foi, baissé les bras, c'est alors qu'il a dû repenser aux phrases sévères du médecin sur le « métier de femme ». J'ai lu ma condamnation dans ses impatiences, ses colères, son refus obstiné de comprendre mon besoin de reprendre mon travail. Je ne l'ai pas supporté. J'ai pris la fuite. Et ce fut sans doute pour lui confirmation de ma culpabilité.

Suis-je coupable ? Il n'y a pas une mère qui ne se soit sentie submergée de culpabilité devant son enfant infirme. Si j'ai donné cette vie-là, imparfaite, tronquée, c'est que quelque chose en moi est détraqué, pourri, que ma grossesse a été imparfaite, incomplète, impure. Oui, j'ai pensé cela moi aussi. Pourquoi ai-je choisi de travailler ? Pourquoi ai-je voulu l'indépendance dévolue traditionnellement aux hommes, la liberté de mener de front carrière et vie familiale ? Pourquoi n'ai-je pas fait mon métier de femme comme me l'ont suggéré médecins, mari, parents, amis, comme c'était l'usage, à l'époque, tout autour de moi ? Oui j'ai imaginé que j'avais été punie de mon arrogance. J'ai culpabilisé contre toute évidence. Car l'évidence, c'est que rien dans ma grossesse n'a été différent des deux premières fois. J'ai travaillé comme je l'ai fait en attendant les deux sœurs d'Eva. Ni plus ni moins. Et la semaine qui a précédé la catastrophe, j'étais en vacances à la montagne. L'évidence, c'est qu'Eva n'est pas infirme parce qu'elle est née à six mois de grossesse. Ni même parce que j'ai fait un décollement placentaire. Mais parce que ce décollement n'a pas été diagnostiqué à temps, qu'on m'a laissée toute une nuit sans soins, qu'on n'a pas cru ma souffrance.

Cette vérité-là, je l'ai au fond de moi, inscrite dans chaque cellule de ce corps qui l'a endurée. Mais elle n'a jamais été discutée par un expert, entérinée par un tribunal. Pour les autres, pour le père d'Eva, elle n'a aucun poids. C'est seulement ma parole contre celle d'un médecin. Une vérité indécidable ou plutôt modulable selon les circonstances et les désirs de chacun. La présomption d'innocence est un idéal inaccessible au genre humain. Tant que la justice ne passe pas, il n'y a que des coupables.

Le père d'Eva n'a pas souhaité qu'on traduise le médecin devant un tribunal. Pour des raisons qui tenaient sans doute à sa position de journaliste et que je n'ai pas à discuter. Moi-même je n'ai pas insisté. A l'époque, je ne songeais qu'à sauver ma fille. Plus tard, il était sans doute persuadé que j'étais la seule coupable. Et moi, j'étais trop peu sûre de moi pour l'affronter. J'ai préféré déserter en emportant avec moi ma culpabilité.

Une autre avocate

Ma fuite s'est arrêtée le 3 octobre 1993 dans un fracas de tôles. C'est ce jour-là que mon destin d'avocate des victimes m'a enfin rattrapée. Dans la douleur et dans les larmes, à deux doigts de la mort, certes. Mais il fallait bien toute cette violence pour stopper ma course folle. Que faisais-je sur cette petite route de Bourgogne ? Je revenais peut-être d'un opéra à Genève ou à Lyon pour foncer vers un autre concert en passant par une exposition, une de ces équipées épuisantes imaginées par mon nouveau mari.

J'avais épousé, un an auparavant, un haut fonctionnaire qui passait ses nombreux loisirs à parcourir la planète pour dévorer spectacle après spectacle sans prendre le temps de dormir ou de manger. Sa folie me convenait. Elle m'était nécessaire pour oublier que j'étais une mère en cavale, une avocate fantôme, de plus en plus absente de son cabinet. Je suivais ce voyageur boulimique avec un voluptueux abandon et le sentiment illusoire d'une totale sécurité. Ce troisième mariage était un rêve, un de ces rêves éveillés qu'on cultive pour fuir un quotidien déprimant.

L'enchanteur, hélas, conduisait comme un forcené. Je me souviens vaguement l'entendre pester contre cette route sinueuse qui l'empêchait de doubler le poids lourd qui nous précédait. Après c'est le trou noir. De l'accident, je n'ai aucun souvenir. On m'a raconté ensuite que le camion a entrepris de tourner à gauche. Notre voiture qui roulait trop vite s'est encastrée dedans. J'étais passagère à l'avant. J'ai pris tout le choc. A l'hôpital de Châtillon où on me transporte dans le coma, les médecins ne repèrent que les fractures de la jambe droite, du poignet et de quatre côtes. Fort heureusement mon mari, en faisant jouer toutes ses relations, obtient mon transfert immédiat à l'hôpital de Garches, haut lieu de l'orthopédie, Lourdes des accidentés de la route. Sans cette miraculeuse décision, je ne serais sans doute pas là ou pas dans cet état. L'accident, c'est aussi une loterie géographique. Quand vous décrochez le mauvais numéro, le SAMU trop éloigné, l'hôpital mal équipé, débordé ou en sous-effectif, seule votre position sociale peut vous sauver. Les obscurs, les sans-grade, eux, ont toutes les chances de payer le prix fort.

A Garches où je me réveille enfin, on réalise tout de suite l'étendue du désastre. Tout mon côté droit est massacré. Tibia, péroné, fémur, genou sont en miettes comme le poignet, cinq côtes et l'avant-bras. Mais en plus, la colonne vertébrale est touchée au niveau des vertèbres lombaires. Il faut immédiatement m'immobiliser. On m'explique que j'ai beaucoup de chance d'avoir survécu au voyage en ambulance. On m'opère à deux reprises et on me colle en réanimation où on découvre que mon poumon droit est lui aussi atteint. Après avoir maîtrisé cette ultime complication, on annonce enfin à ma famille que mes jours ne sont plus en danger. J'ai échappé de justesse à la paralysie et au fauteuil roulant. Je serais sans doute condamnée aux béquilles ; tout dépendra de ma rééducation qui sera longue et difficile.

Le pronostic péchait par un optimisme un peu hâtif. Obsédés par l'urgence de recoller les morceaux, les médecins n'ont pas songé que mon traumatisme crânien, mon coma pouvaient avoir d'autres conséquences. Le 9 octobre au matin, j'appelle ma mère au téléphone. Je la supplie de venir immédiatement me chercher. J'affirme que je n'ai pas fermé l'œil de la nuit car les médecins et les infirmières dansent et hurlent dans la chambre voisine. C'est une orgie. Ils sont tous saouls. Ils vont venir me violer. Mon délire suscite enfin un certain affolement. On m'expédie au scanner pour découvrir un solide hématome frontal. On m'injecte une dose massive de calmants en attendant qu'il se résorbe. Plusieurs jours passeront avant que je tienne des propos plus cohérents. Mais personne n'ose se prononcer sur les dégâts causés par cette pression subie pendant quelques jours par mon cerveau. Les lésions frontales sont une vraie saloperie. La mémoire fout le camp, la concentration est impossible, la patience évanouie. On se met tout à coup à insulter les gens qu'on aime ou à sauter au cou des inconnus. « Désinhibition », disent pudiquement les médecins.

Je quitte Garches un mois plus tard pour le centre de rééducation. Ma vie est en miettes. Je dois apprendre à bouger avec des plaques en fer dans tout le corps, à économiser chaque geste inutile, à marcher avec une canne. Je prends, à quarante ans, des allures de vieillarde. Mon corps est devenu une chose lourde et encombrante, saturée de cicatrices, à peine montrable. Ma tête ne vaut pas mieux. Une partie de mon enfance, de mon adolescence s'est effacée. Les mots jouent à cache-cache, les idées à saute-mouton. J'ai besoin de traîner partout un grand cahier pour noter ce que je veux retrouver le lendemain. Je m'y reprends à dix fois pour une simple addition. Je ne peux plus lire un livre et le moindre téléfilm américain me plonge dans des abîmes de perplexité. On m'assure qu'à force d'exercices et de patience, je peux retrouver une partie de mes facultés. La promesse ne parvient pas à me secouer. La tâche me semble insurmontable. Finies pour moi la course autour du monde, la séduction, la vie amoureuse à rebondissements. Finies la carrière d'avocat, les guérillas judiciaires, les épopées médiatiques. J'échouerai, au mieux, à la photocopieuse dans le cabinet d'un confrère compatissant. Sans argent pour assumer l'avenir de mes enfants. La mère en fuite va devenir une vraie mère indigne.

Au centre de rééducation, je touche le fond, j'entre en dépression. Et c'est là pourtant que je vais trouver ma voie au milieu des éclopés, des prostrés, des incontinents, des hallucinés, des grabataires, mes frères, mes sœurs en béquilles, en déambulateur, en fauteuil roulant. C'est dans cette cour des miracles que je vais apprendre tout ce que ne disent pas les livres de droit. En commençant par l'attente, universelle condition des accidentés. L'attente des infections à guérir, des germes indésirables à éliminer, des pansements à refaire, de la toilette humiliante et fébrilement désirée, des plateaux repas insipides, du vertige angoissant des appareils de verticalisation, des laborieux transferts vers le fauteuil roulant. L'attente des séances de souffrances, des appuis difficiles, des pas incertains entre les barres de maintien, des tractions, flexions toujours recommencées pour un millimètre gagné sur la raideur et l'impuissance. L'attente des médecins aux visites furtives, aux réponses sibyllines, aux visages indéchiffrables. L'attente des nuits sans sommeil, des crampes, des membres fantômes qui se réveillent, du souffle qui manque, des glaires qui vous étranglent, de la sonnette à laquelle personne ne répond. L'attente de ceux qu'on aime, qu'on voit trop vite entre deux lits. L'attente, dans le désert en formica de la cafétéria, d'un futur improbable.

L'attente vide nos têtes de toutes les certitudes, de toute résistance. J'ai peur qu'après la débâcle de mon cerveau, elle achève de me transformer en légume docile. Pourtant, bien au contraire, elle installe en moi, progressivement, une sorte de disponibilité qui me rend plus attentive à ce qui m'entoure. Je suis seule, ce qui m'est trop rarement arrivé dans ma vie. Mon mari a repris ses périples. Ma mère est repartie pour Marseille s'occuper de mes filles. Je parcours le centre en béquilles. J'observe mes compagnons d'infortune, j'écoute leurs histoires. Je constate, effarée, que le malheur ne s'arrête pas aux portes de l'hôpital, qu'entre ces murs se nouent, après l'accident, de nouvelles tragédies.

Au bout du couloir, une jeune femme d'une trentaine d'années se débat dans l'un de ces pièges inextricables. Concierge d'un immeuble parisien, elle était encore en période d'essai quand, en sortant les poubelles à 6 heures du matin, elle a croisé la trajectoire folle d'un noctambule alcoolisé au volant de sa Porsche. Pour elle, c'est sans doute le fauteuil roulant à vie. Le syndic n'a pas attendu le verdict. Il vient de virer du logement de fonction son mari, chômeur, et ses deux enfants de deux et six ans. Le chauffard, lui, s'en fout : après vingt-quatre heures de garde à vue, il a retrouvé les fêtes parisiennes. Pas même un mot d'excuse. Son assureur s'en lave les mains : il prétend qu'il n'a pas à assumer les problèmes entre la victime et son employeur. J'assure à la jeune femme qu'une procédure d'urgence peut obliger l'assureur à payer. Elle me répond que la famille n'a pas d'argent pour consulter un avocat.

Il y a aussi, à l'étage en dessous, une petite mamie qui ne va pas très fort. L'accident ne semblait pas très grave mais elle a fait ensuite une attaque ; un petit caillot de sang a bloqué la mécanique et, à soixante-cinq ans, elle restera hémiplégique. Il y a deux mois qu'elle est ici et les médecins la poussent déjà dehors. Ils ne peuvent plus rien pour elle. Il faut libérer la place pour tous ceux qui chaque jour viennent grossir les rangs des éclopés de la route. Mais où aller maintenant ? La petite maison normande, ses escaliers, sa chambre à l'étage, son jardin potager, tout cela n'est plus envisageable dans son état. Il faudrait faire des travaux, engager une aide à plein temps, obtenir une provision de l'assurance qui ne veut pas reconnaître le lien entre l'hémiplégie et l'accident. Ses enfants ne peuvent pas l'héberger : ils sont trop petitement logés. Le centre de rééducation est pressé de la voir évacuer les lieux. Alors son assistante sociale a trouvé une maison de retraite. Mamie m'explique en pleurant qu'elle ne veut pas y aller. C'est loin de ses enfants, de ses amis. La chambre fait à peine quinze mètres carrés. Elle va se retrouver coincée là-bas, sans pouvoir bouger, au milieu d'inconnus, sans pouvoir amener Rudy, la petite chienne yorkshire qui doit l'attendre et dépérir.

J'engueule l'assistante sociale, les médecins. Il faudrait laisser à cette petite vieille le temps de se retourner, de saisir un tribunal, de faire aménager sa maison. Mais personne ne m'écoute. On met ma brusque montée d'adrénaline sur le compte de l'hématome frontal. On a tort. Ce qui s'agite maintenant en moi ne relève plus de la confusion mentale. Je me sens au contraire parfaitement lucide, bien plus lucide même qu'avant l'accident, pendant toutes ces années d'errances insensées. Je sais ce qui me met en colère. Je découvre simplement que, dans ces premiers mois de retour à la vie où on devrait être entouré, informé, protégé, on se retrouve au contraire abandonné, démuni, exposé à toutes les manipulations. Je vois les experts des compagnies d'assurance débarquer dans le centre de rééducation en feignant d'être des médecins comme les autres. J'entends les victimes, confiantes, vanter leurs progrès, minimiser leurs misères. Je vois les assistantes sociales distribuer discrètement les brochures d'obscures « sociétés de recours » qui promettent une indemnisation miraculeuse et rapide en échange d'un confortable pourcentage sur les indemnités touchées. Signez là et vous verrez ces petits malins se précipiter chez les assureurs pour négocier, pour vous, au plus bas, sans marge de manœuvre, sans l'arme d'un recours devant les juges. Et vous signez, compagnons d'infortune, parce que vous êtes pris à la gorge.

Je comprends tout à coup pourquoi le monde semble se durcir autour de nous. Tandis que nous digérons notre traumatisme, que nous baignons encore dans notre deuil ou nos incertitudes, les autres acteurs du drame poursuivent leur logique, imperturbablement. La justice, focalisée sur le responsable de l'accident, oublie les victimes et gère la lenteur de ses procédures, l'encombrement de ses audiences. Les assureurs s'entendent entre eux pour limiter les dépenses. Les médecins réparent la mécanique et passent au patient suivant. Les escrocs de tout poil ramassent les miettes. Je comprends aussi que les plus atteints, les plus isolés, les moins fortunés d'entre nous seront les proies les plus faciles de ce marché du malheur, deux fois victimes de leur accident.

C'est la rage qui me réveille, qui me propulse aux séances de kiné ou d'orthophonie, à la piscine de rééducation, qui me fait répéter cent fois les exercices de mémorisation. Une rage plus violente que celle qui me dressait jadis contre les dogmes de l'ordre familial. Sans doute parce que, cette fois, j'ai partagé la détresse de ceux qu'on abuse. Je ne supporte pas que toutes ces institutions, censées nous protéger, conspirent pour nous enfoncer. Dans la chambre voisine, il y a un jeune tétraplégique qui végète ici depuis deux ans. Il est parti dans le fossé après un coup de volant délibéré. Pour éviter une voiture qui venait en face. Son assureur l'a laissé tomber : pas de collision, pas d'indemnisation, a-t-il affirmé. Il est seul, sans avenir. Il a besoin d'être défendu.

Fin décembre, je quitte le centre sur des béquilles, tant bien que mal. Qu'importe : je poursuivrai la rééducation chez moi. Maya, ma fille aînée, qui m'a soutenue tout au long de cette renaissance, sera là pour m'aider. Je sors décidée à me battre pour redevenir avocate. Une autre avocate.

La colère m'a sauvée

Ce n'était pas la première fois. La colère a toujours été, pour moi, la plus précieuse des énergies. La seule à me pousser en avant, à vaincre un naturel plutôt teinté de paresse. Ainsi, je suis sûre que si j'ai réussi aussi rapidement mes études de droit, c'est parce que j'enrageais de voir ma mère béer d'admiration devant les prouesses de mes avocats de frères. Aujourd'hui encore, quand la fatigue de mon corps rafistolé, l'amertume des combats toujours recommencés, le découragement me cernent, seule la colère me permet de tenir debout. Elle n'est pas une compagne facile à vivre, ni pour moi ni surtout pour ceux qui m'entourent et doivent subir ses éruptions et ses caprices. Je ne sais pas examiner les choses calmement, décider sereinement. La réflexion préalable me paralyse et me plonge dans des abîmes d'incertitudes. Je fonctionne autrement : je m'indigne, je m'emporte, je m'engage et je réfléchis après. Pour reconnaître parfois que je me suis trompée. Mais tant pis : je ne sais pas vivre sans colère.

C'est la colère qui m'a soutenue, toutes ces années passées d'un tribunal à l'autre à travers la

France. Sans elle, j'aurais maintes fois jeté l'éponge. Il faut avouer que j'avais gravement sous-estimé la difficulté du combat. Dans ma tête encore naïve, les choses étaient toutes simples. J'étais définitivement, exclusivement, aux côtés des victimes. Et d'abord des victimes d'accidents d'erreurs médicales auxquelles je pouvais m'identifier totalement. Ensemble nous avions besoin de la justice : pour faire éclater la vérité, rétablir nos droits, nous protéger contre l'abus de puissance des assureurs. Nous n'avions donc rien à redouter des magistrats, bien au contraire. Les coupables, les salauds étaient en face. Je n'étais plus l'avocate de parents vindicatifs voire de gangsters ou de pervers, mais celle des faibles, des éprouvés ; la justice ne pouvait que reconnaître la justesse de ma cause. Elle allait m'accueillir, si ce n'est à bras ouverts, au moins avec une cordialité que je n'avais pas connue jusque-là.

Mes illusions se sont brutalement dissipées dès les premières audiences. Je crois que j'avais un peu oublié la réalité du grand cirque judiciaire. La justice familiale dont j'avais l'habitude depuis vingt ans se pratique, le plus souvent, à l'abri des regards, des effets de manches, dans le secret du bureau du juge, les yeux dans les yeux, à armes presque égales. Les accidents se plaident, eux, dans le tohu-bohu des audiences correctionnelles. Rien à voir non plus avec le théâtre des assises, ses rituels solennels, les robes pourpres et l'hermine des juges, les dorures, les boiseries anciennes. Si on respire là un parfum de tragédie antique, le tribunal correctionnel, lui, tiendrait plutôt du sitcom. C'est le quotidien de la justice et sa grande misère, les audiences fourre-tout et surchargées, les magistrats débordés. On se presse dans des salles ternes et mal sonorisées, sur de méchants bancs de bois où s'entassent pêle-mêle avocats, prévenus, victimes, familles et curieux.

C'est là que comparaissent à la chaîne voleurs d'autoradios, escrocs à la petite semaine, exhibitionnistes, mères de famille prises en flagrant délit de vol de steacks au supermarché, ivrognes coupables d'avoir traité de noms d'oiseaux les représentants de la force publique. Les juges n'ont pas eu le temps de lire leurs dossiers et découvrent les affaires à l'audience, le nez dans les papiers, perdus au milieu des pièces. Il n'est pas rare de voir un procureur ou son substitut se tromper de dossier et asséner au clochard ahuri les phrases définitives qu'il réservait au kinésithérapeute aux mains baladeuses. Les audiences débutent vers 13 heures pour se terminer souvent après 22 heures. A mesure que le temps passe, on voit s'endormir les juges assesseurs. Il faut parler fort et faire vite. Il est rare de disposer de plus de vingt minutes pour mener interrogatoires, discussion des faits, réquisitoire et plaidoiries. Justice expéditive, pathétique, mais justice ordinaire aux quatre coins de l'Hexagone.

Comment, au milieu de tout cela, faire entendre la plainte d'une femme dont l'enfant a été fauché par un chauffard ivre, celle d'un homme qui a perdu ses jambes, son métier, sa compagne parce qu'un abruti a confondu la petite départementale avec un circuit de vitesse ? J'étais descendue dans cette arène pour qu'on s'arrête un peu sur cette douleur, qu'on prenne quelques minutes pour la comprendre. Je voulais sortir ces drames de leur banalité statistique. Je rêvais d'une tribune pour dénoncer notre complaisance devant une délinquance quotidienne responsable de dix mille morts par an. Et je me trouvais devant des juges qui hochaient la tête d'un air entendu et regardaient leur montre.

J'avais cru que toute cette souffrance inutile toucherait le cœur des magistrats. Et que l'énormité du bilan humain les rallierait à mon combat. Je m'étais trompée. J'ai pris, d'emblée, une vraie baffe. Et plus grave encore, mes clients parfois n'ont pas été épargnés. Je me souviens de cette audience désastreuse devant un tribunal de l'ouest de la France. Comme si c'était hier. Même décor pourri qu'ailleurs, même abattage inquiétant, mais ma jeune cliente, Marianne, est pourtant émue de se trouver là. Il n'y a pas si longtemps, elle achevait sa deuxième année de droit avec justement la ferme intention de devenir magistrate. Elle sait aujourd'hui que ce rêve est hors de sa portée. Plus de mémoire, plus de patience, plus de concentration pour continuer ses études. Quelque chose s'est définitivement déréglé quand sa tête, pourtant casquée, a heurté le sol. « Capacités cognitives très fortement dégradées, instabilité caractérielle », ont conclu les experts. Magistrate, il vaut mieux oublier. Bonne à la rigueur pour faire vendeuse dans un petit magasin sans trop de stress ni de responsabilités. A condition de rester assise car la cheville et le genou droits sont aussi bien esquintés.

Marianne n'est pas venue au palais de justice pour pleurer sa vocation perdue. Elle est ici pour regarder en face celui qui a bousillé sa vie, l'homme qui, il y a un peu plus de deux ans, a coupé la route de sa moto. Elle ne l'a pas vu lors de l'accident. Il est vrai qu'elle gisait inconsciente sur le bitume.

Mais les témoins lui ont dit que l'automobiliste ne s'est pas approché. Il est resté près de sa voiture, accroché à son portable. Pas pour prévenir les secours d'ailleurs mais pour avertir sa femme qu'il allait avoir du retard. Après, Marianne a vaguement espéré une visite à l'hôpital, un coup de téléphone à sa famille, un mot de remords. C'était sans doute demander trop de courage à ce chauffard d'occasion. Rien n'est venu.

Elle aurait pourtant oublié cette atterrante indifférence si, un an plus tard, le procureur de la République ne lui avait écrit. Ecrire est un bien grand mot ; un simple imprimé sur lequel une case avait été cochée : « Classé sans suite. » Sans détails ni explications. Marianne se souvient encore suffisamment de ses cours de droit pour savoir ce que cela veut dire. Pas de poursuites du parquet, pas de procès. L'automobiliste a brûlé un stop mais il ne sera pas inquiété. Il pourra continuer à conduire comme un pied, à renverser les motocyclistes. Le procureur estime que la faute commise n'est pas assez grave pour être réprimée, que la vie d'une jeune fille de vingt et un ans éparpillée sur la chaussée n'a pas de quoi troubler l'ordre public. Il en a parfaitement le droit. Aux Etats-Unis, en Grande-Bretagne et dans bien d'autres pays, les poursuites sont automatiques. Chaque délit doit être sanctionné. En France, le procureur choisit selon ses propres critères et sans avoir à se justifier. Si ses audiences sont trop chargées, s'il a d'autres priorités, il classe. On appelle ça l'« opportunité des poursuites ».

C'est la loi mais ça ne passe pas. Marianne ne digère pas qu'on l'expédie ainsi aux oubliettes. Perdre ses rêves et ses facultés, finir en vendeuse handicapée dans un emploi protégé, se contenter d'une vie zébrée d'absences mentales et d'à-peu-près, tout cela à cause d'un conducteur irresponsable et lâche, elle aurait peut-être pu s'y résigner. A condition pourtant qu'on la laisse décider. Or il lui semble que la justice a tranché à sa place, rangé son accident au fond d'un tiroir dans l'armoire des faits divers sans intérêt, absout le responsable comme un innocent agent du destin. Tout cela sans l'entendre, sans la confronter avec cet homme, sans lui accorder ce moment de vérité qui l'aurait aidée à tourner la page.

En bas de l'imprimé qui classe ainsi sa vie, une phrase précisait que la victime peut faire valoir ses droits devant le tribunal correctionnel par citation directe. Alors Marianne m'a demandé de poursuivre le responsable de l'accident. Et aujourd'hui, assise sur un banc à côté de moi, elle attend la justice dont on a voulu la priver. Elle a attendu longtemps ce moment. Les tribunaux ne se précipitent pas pour faire droit aux demandes des victimes. Les affaires présentées par le parquet passent avant. Les mois ont passé sans qu'une date soit fixée malgré mes relances régulières. Un jour la greffière, excédée par nos appels, lâche que le président n'a pas l'intention d'inscrire rapidement cette affaire. Je me fends d'un courrier officiel. Une date est enfin décidée. A cette première audience, Marianne est invitée à consigner auprès du tribunal une somme qui ne lui sera rendue qu'en cas de condamnation du responsable. Il faut payer pour exercer ses droits. C'est la loi, une façon de décourager les poursuites abusives, mais cette mise de fonds s'ajoutant aux problèmes de ma cliente, à la mauvaise volonté de l'assureur, risque de constituer un sérieux obstacle.

Marianne s'accroche. Elle tient à ce procès. Elle empruntera s'il le faut. Deux mois plus tard, le jour est enfin arrivé. Marianne attend que l'automobiliste qui l'a renversée, il y a plus de deux ans, soit enfin contraint de contempler les conséquences de son geste et soit condamné. Une peine symbolique suffirait. L'homme n'est plus tout jeune : pas question de l'envoyer en prison. Mais pourquoi pas une suspension de son permis de conduire pour quelques mois afin de lui donner l'occasion de réfléchir ?

Je sais que la partie ne sera pas facile mais je me sens, ce jour-là, d'humeur combative. Avant le début de l'audience, je vais me présenter au président. C'est l'usage quand on vient d'un barreau extérieur. Le magistrat vous offre, en réponse, quelques paroles aimables pour vous accueillir sur son territoire. Mais cette fois, du haut de son estrade, le juge me toise avec mépris : « Ah, c'est vous, la responsable de cette ineptie ! Il va falloir m'expliquer pourquoi vous venez encombrer mon audience avec cette procédure tout à fait déplacée. » Démontée par cette attaque directe, je m'apprête à me justifier mais le magistrat s'est déjà détourné.

Stupéfaite, je retourne m'asseoir auprès de Marianne. Fort heureusement, elle n'a rien entendu de la scène mais je dois faire un gros effort pour lui cacher mon désarroi. J'ai connu des juges mal embouchés, cassants avec les avocats, mais aucun n'avait, jusqu'à présent, contesté ma présence, mon rôle, ma légitimité. Ma procédure n'a rien de « déplacée ». Elle figure en bonne place dans le code comme un droit fondamental des victimes, une garantie face à l'opportunité des poursuites et au pouvoir du procureur. Je prépare donc mes arguments. L'audience débute avec les comparutions immédiates : deux jeunes pris sur le fait pour un vol de sac à main à l'arraché. Le président, sévère, s'attache à leur faire sentir la gravité de leur acte. Réquisitoire et plaidoirie traînent un peu en longueur. Ce n'est qu'au bout d'une heure que notre dossier est appelé par le greffier. L'automobiliste s'avance vers la barre pour son interrogatoire. Marianne découvre un homme encore vert qui prend bien soin d'éviter son regard. « Monsieur, entame le président d'une voix singulièrement radoucie, j'ai reçu fort tard le procès-verbal de cet accident. Je n'ai donc pas l'intention de vous interroger sur les circonstances. Nous allons plutôt demander à l'avocate de la partie civile les raisons de votre présence en ces lieux. »

Je me dresse et commence à expliquer que la possibilité d'un procès n'est pas seulement un droit des victimes mais un moment essentiel pour la cohérence de leur histoire, la reconnaissance de ce qu'elles ont subi. Dès la troisième phrase, le président me coupe : « Maître, je suis en total désaccord avec vous. Le droit pénal n'est pas fait pour cela. Vous nous faites perdre notre temps. Monsieur le procureur, vous avez la parole. »

Ulcérée, je proteste : « Je n'ai pas fini, monsieur le président. Je n'ai, pour le moment, que tenté de répondre à la question liminaire posée par le tribunal. J'espère qu'on ne songe pas à m'interdire de défendre la volonté de ma cliente. J'entends maintenant démontrer que cet automobiliste a commis une grave faute de conduite qui a entraîné des conséquences dramatiques, ce qui justifie pleinement le procès pénal. » Le juge secoue la tête. Je hausse le ton, poursuis ma plaidoirie, interrompue dix fois par le magistrat au mépris de tous les usages : « Aux faits, maître ! », « Nous savons tout cela », « Vous nous l'avez déjà dit », « Concluez, s'il vous plaît ! ». Cet acharnement inexplicable me bouleverse. Je suis au bord des larmes mais je songe à Marianne et je tiens bon, jusqu'au bout de ma démonstration : le prévenu a refusé une priorité, sa faute a été établie sans contestation possible par les gendarmes, le délit de blessures involontaires est irréfutable, le tribunal doit le condamner pour cela.

C'est maintenant au tour du parquet, un substitut d'une quarantaine d'années qui s'est absorbé tout ce temps dans la lecture de son courrier. Il se soulève à peine de son fauteuil : « Je m'en remets à la sagesse du tribunal. » Puis fixant Marianne, il ajoute : « C'est bien malheureux pour vous, mademoiselle. Mais franchement, l'assurance va vous indemniser. Alors que venez-vous faire ici ? »

L'avocat du prévenu, sidéré par la tournure ubuesque que prend l'audience, n'a pas eu le temps de modifier sa plaidoirie. Les magistrats lui offrent sur un plateau la possibilité de demander une relaxe ; il se contente de plaider les circonstances atténuantes pour son client, cet homme âgé, fatigué, qui n'a jamais eu de problèmes avec la justice. Le juge l'écoute à peine. Il suspend l'audience quelques minutes et revient pour prononcer la relaxe du conducteur. L'automobiliste qui a renversé Marianne n'a commis aucune faute digne d'être sanctionnée. Il peut continuer à brûler les stops et à massacrer les vies qui croisent sa route. La justice ne trouve rien à y redire.

Une gifle. C'est ce que Marianne vient de recevoir de ceux à qui elle rêvait, il y a quelques mois encore, de ressembler. Une gifle officielle et définitive. En France, les victimes n'ont pas le droit de faire appel. Seuls le prévenu et le procureur peuvent le faire. L'ex-étudiante en droit a eu le temps de quitter la salle avant de s'effondrer en sanglots. J'essaye de la consoler, de lui expliquer. Pendant l'interruption d'audience, les avocats locaux m'ont aimablement renseignée sur les magistrats qui ont humilié Marianne. Ils sont, m'a-t-on confié, coutumiers du fait, impitoyables avec ceux qui osent déranger leur petite routine. Ici, tout le monde sait que, pour se simplifier la vie, substitut et juge se sont mis d'accord sur une vision sommaire de la sécurité routière : seuls les conducteurs en état d'ivresse méritent les foudres du tribunal. Les autres peuvent refuser les priorités, dépasser les limites de vitesse ou les lignes continues et tuer en toute impunité. Les routes de Normandie sont très meurtrières : près de huit mille accidents et plus de cinq cent cinquante morts par an. En fermant les yeux, les magistrats évitent certainement un surcroît de travail. Le carnage, lui, peut continuer.

Marianne avait donc tous les torts : elle n'est pas morte dans l'accident et son chauffard n'était pas ivre. En prime, elle a osé passer outre le classement sans suite, perturber les petits arrangements du tribunal, contester le pouvoir des juges. C'est cette

DR

« La famille Collard, sur la Corniche à Marseille. Ma mère marchant, souriante, au milieu de ses quatre enfants. Trois gaillards en maillot de bain, bronzés et hilares, et moi, petite fille aux cheveux bouclés qui fixe amoureusement l'objectif tenu par mon père. »

DR

« Je vais retrouver la petite fille que j'étais. Celle qui voudrait être aimée de tous et qui trépigne de rage, impuissante parce que le monde est méchant, injuste. »

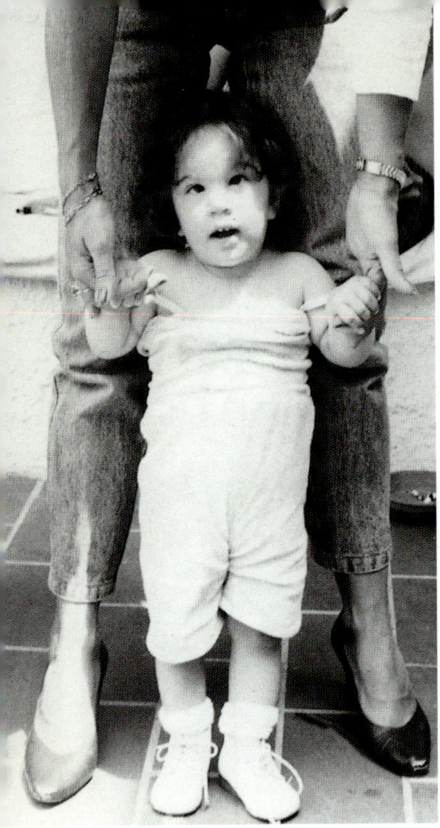

DR

« C'est au bout de six mois que j'ai su. Un professeur parisien à qui j'avais amené Eva a froidement laissé tomber le verdict : “Mais cette gosse est une IMC. C'est évident. On ne vous a rien dit à Marseille ?” (...) Je suis sûre que l'amour a sauvé Eva du pire. »

« Fin décembre, je quitte le centre sur des béquilles, tant bien que mal (...) Je sors décidée à me battre pour redevenir avocate. Une autre avocate. »

AFP

DR

Chaque année, on compte près de 6 000 victimes de collision entre une voiture et un camion, dont environ 700 décès, la plupart faute d'une barre arrière anti-encastrement. J'en ai fait les frais, le 3 octobre 1993 à 11 heures du matin, sur la route de Châtillon-sur-Seine en Côte d'Or. Un accident qui a changé ma carrière et ma vie...

« J'ai hâte de retrouver ceux qui connaissent mes ambiguïtés, supportent mes contradictions, ceux de ma bande qui m'attendent non loin des palais de la République pour fêter ce "mérite" qui leur revient autant qu'à moi. Ma famille, mes enfants, mon mari, les membres de mon cabinet, les bénévoles des associations, les petits soldats de toutes mes guerres. »

DR

DR

DR

« Je songe à mes filles qui, je le redoute, montent parfois dans la voiture d'un ami sans vérifier s'il a bu. Je songe à mes petits-enfants qu'un chauffard peut aller chercher sur un trottoir. Et je sais alors que ma propre expérience est impuissante à protéger ceux que j'aime. »

Mon mari, Jean-François, enrôlé dans mon combat pour la défense des victimes, tout comme mes filles. Il est d'un soutien indispensable et un véritable compagnon de lutte contre l'injustice.

J. Picard/SIPA

« Eva restera ma fêlure. Elle a aujourd'hui 24 ans, termine ses études de droit, veut devenir avocate et se spécialiser dans le droit de la santé. Elle veut renouer le fil de notre histoire, là où j'ai dû l'abandonner. »

Coralie Moulin

DR

« Je suis l'avocate des victimes.
Je reste aux côtés de ces citoyens
aux prises avec les ratés de notre
société. En leur nom, je continuerai
à provoquer le scandale,
à menacer les sourds, les aveugles
et les indifférents. »

arrogance qu'on a châtiée en blanchissant le responsable.

Je ne suis pas de celles qui dénigrent systématiquement les magistrats. J'en ai admiré beaucoup pour leur courage, leur intégrité, leur humanité. J'ai eu aussi mon lot d'allumés, de cyniques ou de pervers. On ne peut pas, même dans cette profession, exiger la perfection. Je suis moi-même loin d'être parfaite. Mais il y a dans l'humiliation gratuite de Marianne quelque chose qui me révolte à chaque fois que je le rencontre : une démonstration de pouvoir exercée pour de mesquines raisons de commodité. Une démonstration que j'ai trop souvent rencontrée quand une victime saisit un tribunal ou un juge d'instruction. Vous demandez justice ? Votre demande nous déplaît ; elle encombre nos emplois du temps. Vous paierez donc votre inconvenance. Vous allez comprendre que les tribunaux ne sont pas à votre disposition. Vous allez sentir le poids de notre autorité.

Eh bien, non ! Désolée. Je ne comprends pas. Cette autorité-là tourne à l'abus de pouvoir. Je ne vois pas des juges mais des fonctionnaires qui s'approprient un service public, un peu à la manière de ces cheminots ou ces électriciens qui, à chaque remise en cause de leurs avantages, prennent l'usager en otage. Je ne crois pas que la justice appartienne aux magistrats, qu'ils soient libres d'en organiser arbitrairement le cours, d'en fixer les missions à leur gré. Je ne crois pas que la robe donne le pouvoir d'écraser le justiciable.

On ne possède pas la justice. On la rend. A ceux qui en ont été privés et qui la réclament. C'est une tâche admirable, écrasante et qui mérite tout mon respect. Mais c'est une tâche qui impose modestie et retenue dans son exercice, clarté, cohérence et pédagogie dans ses effets. Ce qui, à mon humble avis, devrait interdire d'humilier publiquement une gamine dont la vie a été saccagée par un automobiliste imprudent et de blanchir ce dernier sans autres explications.

La justice qui nous ressemble

Sur le moment, j'ai eu envie de tout plaquer. Le cauchemar enduré aux côtés de ma jeune cliente m'avait fait perdre tous mes repères. J'étais partie au secours des accidentés la fleur au fusil et je butais sur un mur d'hostilité. Les magistrats qui avaient humilié Marianne n'étaient pas les premiers à contester mon combat. Même lorsque les procureurs prenaient eux-mêmes l'initiative de poursuivre les chauffards, ils regardaient encore mon intervention avec méfiance ou incompréhension. Comme si la justice avait hâte de s'enfermer dans son tête-à-tête avec le prévenu et que la présence de la victime était incongrue. J'ai vu des juges oublier totalement de me donner la parole ou me prendre à part avant l'audience pour me déclarer : « Maître, il s'agit d'un simple accident ; vous ne comptez tout de même pas plaider ! » J'ai même entendu un président refuser qu'une mère dise deux mots à la mémoire de son enfant et lise la lettre collective envoyée après sa mort par ses copains de classe. Un refus justifié par ces seuls mots : « Ce n'est pas l'usage dans ce tribunal. »

Il y a dix ans, le droit des victimes n'existait pratiquement pas. Il n'y avait pas de secrétaire d'Etat pour l'officialiser. Il ne soulevait qu'un intérêt poli auprès des médias et le strapontin qu'on lui accordait dans les tribunaux était mal supporté, tant par les juges que par certains de mes confrères plus soucieux de défendre les droits des prévenus. Les hémophiles et les transfusés contaminés par le virus du sida luttaient encore pour faire reconnaître la responsabilité des centres de transfusion sanguine et des responsables politiques qui avaient retardé la mise en place des tests de dépistage. Les malheureux aux poumons ravagés par l'amiante commençaient à peine à faire entendre leurs voix. Mais déjà on entendait certaines bonnes âmes reprocher aux victimes d'abuser de l'émotion, de martyriser les élus et de détourner le cours normal de la justice.

Au-delà de quelques magistrats délibérément hostiles à mon combat, il y avait la grande masse des indifférents. Ceux qui ne comprenaient pas pourquoi faire tant de bruit à propos d'un stop brûlé, d'un pied bloqué sur l'accélérateur ou même d'un petit verre de trop. Ceux qui pensaient que les audiences et les prisons étaient trop pleines, qu'on avait déjà fort à faire avec les vrais délinquants. Il y a dix ans, l'insécurité routière n'était pas une priorité. De mémoire de République, aucun président n'en avait jamais parlé. Avoir les routes les moins sûres d'Europe n'indignait personne. C'était une sorte d'exception française, de verrue à laquelle on avait fini par s'habituer, à considérer avec une certaine indulgence amusée. On est comme ça, râleurs, indisciplinés, sûrs de nous et de notre volant, allergiques aux contrôles et aux contractuelles, amateurs de bon vin et de bagnoles puissantes. On ne pratique qu'une vertu : la tolérance. On ferme les yeux sur les conducteurs trop pressés, les repas bien arrosés. De toutes façons, les contraventions sont faciles à faire sauter et la moitié des éthylotests sont périmés. Chaque heure qui passe fait un mort et un grand handicapé de plus. Mais quand on aime, on ne compte pas.

Alors pourquoi vouloir des magistrats différents, plus lucides, plus fermes sur le code de la route que la majorité de leurs concitoyens ? On a la justice qui nous ressemble. Moi-même, n'étais-je pas exactement comme eux avant l'accident ? Une adepte de la conduite sportive et des trajets records, persuadée que les limitations de vitesse étaient faites pour ceux qui ne savent pas tenir un volant, convaincue que l'accident n'arrivait qu'aux autres, ceux qui n'ont pas l'habitude, pas les bons réflexes. Et sans ces plaques d'acier dans mon corps, sans cette jambe bloquée, ces douleurs qui réveillent les souvenirs, je serais sans doute encore cette automobiliste inaccessible au doute. Pourquoi vouloir convertir à ma nouvelle vision de la route des juges qui, faute d'avoir vécu mon calvaire, restent, eux aussi, des conducteurs bardés de fausses certitudes ?

J'avais perdu mes convictions, mes repères, mes arguments. J'ai connu ce genre de crise après Marianne et maintes fois en dix ans. Il m'arrive encore de douter, de vouloir tout arrêter, de penser que les mots sont impuissants contre l'habitude, que seule l'expérience de l'accident vous transforme. A chaque fois que je bute sur l'indifférence ou la surdité d'un magistrat, je ne peux m'empêcher, secrètement, de tout remettre en cause. Il y a quelques mois encore, j'ai découvert, atterrée, un de ces forums Internet consacré à la libre expression des passionnés de voitures. Un de ses participants écrivait candidement : « Il faudrait se débarrasser de Jehanne Collard qui rêve de mettre tous les automobilistes en prison. » Et un autre de lui répondre immédiatement : « L'écraser, ça serait le pied ! » Je suis restée effondrée pendant quelques jours. J'avais perdu toute envie d'assiéger les tribunaux, de passer pour une extrémiste de la répression. Je ne suis pas du béton dont on fait les militantes. Pour m'être beaucoup trompée, je ne suis sûre de rien. C'est ma fragilité. Pourtant chaque crise recule devant des angoisses plus pressantes encore. Je songe à mes filles qui sont comme moi à leur âge. Mes filles qui, je le redoute, montent parfois dans la voiture d'un ami sans vérifier s'il a bu. Je songe à ma mère qui traverse ces rues de Marseille où l'arrêt au feu rouge est devenu facultatif. Je songe à mes petits-enfants qu'un chauffard peut aller chercher sur un trottoir. Et je sais alors que ma propre expérience est impuissante à protéger ceux que j'aime.

Il faut bien qu'il y ait quelque chose de plus fort que les mots, quelque chose de plus puissant que ces milliers d'images de taxi en folie, de cascadeurs invulnérables, de voitures indestructibles dont on nous bombarde chaque jour. Quelque chose dont le poids symbolique puisse pénétrer les têtes, changer les comportements. Quelque chose qui démontre à tous que le mépris de la loi, c'est le mépris des autres, de ceux qui ne traversent pas assez vite, qui roulent en vélo ou trop lentement, qui ne doublent pas le camion à la première occasion, qui ont le tort de croiser mon chemin, et que ce mépris-là, c'est justement ce qui fait le délinquant. Quelque chose qui nous protège contre nous-mêmes, nos dérives et nos tentations. Et je ne vois, en ces temps de débandade de la morale, des catéchismes et des idéologies, rien de plus efficace que la sanction pénale. Si la justice dit systématiquement qu'un stop brûlé, un verre de trop sont inacceptables parce qu'ils peuvent massacrer des vies et doivent être punis alors en conséquence, nos petits arrangements avec le code de la route comme avec notre conscience deviendront plus difficiles. Si les peines prévues par la loi sont effectivement prononcées sans indulgence automatique, sans sursis à répétition, alors elles deviendront réellement dissuasives. Les morts de la route cesseront d'être une obscure fatalité, un vague tribut à payer pour la satisfaction de notre plaisir de rouler comme bon nous semble. Ils apparaîtront enfin pour ce qu'ils sont : l'expression d'une barbarie absurde.

Seule la justice peut opérer ce changement radical. Il y a vingt-cinq ans, les violeurs bénéficiaient de la même complaisance que les chauffards aujourd'hui. On prétendait, entre autres inepties, que les victimes avaient bien cherché ce qui leur arrivait, qu'elles s'habillaient avec provocation, que les femmes disaient oui quand elles disaient non ou qu'elles étaient des allumeuses puisqu'elles n'étaient plus vierges. Les coups de boutoir des féministes ont ébranlé cette veulerie. Mais ce sont les juges qui, en envoyant les violeurs en prison, ont signifié enfin que la violence sexuelle était intolérable dans nos sociétés. Les petits travers bien français qu'étaient la corruption, le financement occulte des partis, l'abus de bien social n'ont pas résisté non plus à la mobilisation des juges. Pourquoi serait-ce impossible pour la violence routière ?

J'ai plaidé mille fois cette responsabilité collective. Et presque autant de fois j'ai reçu la réponse cinglante d'un procureur : « Ce n'est pas aux victimes de dicter son devoir au tribunal. Nous ne sommes pas là pour régler un problème de société mais pour juger un homme. Même si les conséquences sont dramatiques pour les parties civiles, il nous appartient de juger la faute et seulement la faute. On ne peut condamner cet homme au chômage en lui retirant son permis. L'accident reste une fatalité. » J'en passe et des meilleures.

A force de tenir tête à ces sermons, de promener ma tronche et mon petit discours entêté dans tous les tribunaux, j'ai réussi à faire vaciller quelques certitudes. J'ai obtenu quelques décisions exemplaires. A Alès ou à Marseille, lorsque des magistrats ont pris la mesure de la barbarie routière et ont refusé la routine de leurs pairs. Mais pour combien de déceptions cuisantes, de décisions humiliantes.

Après Marianne, j'ai compris que je ne gagnerais pas ce combat. Pas de cette façon, en promenant mon corps fatigué de prétoire en prétoire pour quémander cinq minutes d'attention. La justice était beaucoup plus frileuse, beaucoup plus conservatrice que je ne le pensais. Elle ne prendrait pas l'initiative d'un virage répressif. Elle ne s'attaquerait pas la première au chauffard. Pas sans avoir perçu autour d'elle un signal, un mouvement, un changement. Pour convertir les juges, il fallait la pression de l'opinion et des médias. Mais pour toucher ces derniers, j'avais besoin de jugements exemplaires. Bref, je tournais en rond. C'est à cette époque que j'ai rencontré Christiane Cellier. Je ne sais plus comment cela s'est fait. A vrai dire, cela me semble relever du prodige. Après mon accident, j'avais abandonné toute occupation mondaine, toute course folle autour du monde. J'avais laissé s'éloigner mon mari sans décider vraiment si je lui en voulais de l'accident ou si j'étais incapable de supporter un homme plus de six ans. J'oscillais péniblement entre Paris et Marseille, tentant de renouer les fils distendus avec mes enfants. C'était difficile, empreint d'amertume, de regret, de culpabilité. Je préférais mon travail, mon combat, l'image de moi qu'ils me renvoyaient, plutôt que cette identité de mauvaise mère, de femme inconstante. Je vivais recluse dans mon appartement transformé en cabinet.

Il a donc fallu que Christiane me déniche au fond de mon trou. Peut-être m'avait-elle flairée depuis un moment avec son talent de chasseur de tête. Ou peut-être était-il écrit quelque part que je devais finir par rencontrer la femme qui se battait depuis des années pour la mémoire de sa fille Anne, carbonisée à l'âge de vingt ans, le 21 juin 1986, par un automobiliste ivre, celle qui s'était heurtée avant moi à une justice sourde et bornée, celle qu'un président de tribunal avait osé expulser de l'audience où on jugeait l'homme qui avait tué sa fille. Entre elle et moi, ce fut un coup de cœur ou plus exactement un coup au cœur. Il y avait dans la bibliothèque où elle me reçut, au-dessus du canapé, un grand portait d'Anne, assise sur ce même canapé, avec à ses pieds un beau labrador. Tandis que nous parlions, Victor, le labrador, est venu m'apporter un vieil ours en peluche mordillé depuis des années, puis s'est roulé à mes pieds, triste et fatigué. J'ai regardé l'ours, le chien et j'ai compris. Pendant sa longue agonie, Anne avait réussi à écrire à ses parents deux mots : « Battez-vous. » J'ai compris que son labrador venait de me passer le relais.

Je n'en ai rien dit à Christiane. Ma réaction était à la fois irrationnelle et présomptueuse. Le vieux chien confiait sans doute sa peine à tous les visiteurs. Qu'importe : dès ce jour, je me suis sentie investie par cette jeune fille que je n'avais pas connue, sommée de continuer à me battre avec d'autres armes. Ses parents avait créé une association, la Fondation Anne Cellier contre l'insécurité routière, qui s'était illustrée dans la lutte contre l'alcool au volant. J'en suis devenue la vice-présidente et j'ai pu dénoncer la vitesse tolérée, l'insuffisance des contrôles, l'incohérence des juges, l'absence de sanction, les chiffres falsifiés, le permis inaccessible, le silence complice des politiques. J'ai trouvé une liberté de parole que les tribunaux ne pouvaient pas me donner. Il me semblait que l'ours en peluche était entre de bonnes mains.

Plus tard, Victor est mort. Un autre labrador est entré dans la vie de Christiane. Un fauve noir qui lui sautait sans cesse au cou et se montrait d'une jalousie extrême. « C'est la première fois que j'ai un amant noir », plaisantait Christiane. Et en 2004, elle a décidé de mettre un terme aux activités de la Fondation. Elle a dit que sa mission était achevée, que le nom d'Anne devait retourner au silence. J'aurais voulu dire non. Non, le silence est impossible. Anne nous échappe comme seuls nous échappent les êtres vivants, les êtres débordant de vie. Elle vit en nous maintenant, dans le cœur de milliers de gens. Son nom est un espoir, un signe de ralliement. On ne peut pas le renvoyer au néant.

Je n'ai rien dit. La Fondation s'est arrêtée. J'ai eu l'impression de rester orpheline. Pendant toutes ces années, c'était devenu une famille. Une vraie famille avec ses emmerdements quotidiens, ses réunions assommantes, ses disputes pour un rien, ses bouderies, ses crises de jalousie, ses mères abusives, ses fils et filles indignes, et avec l'impossibilité de s'en passer plus d'une journée. Je crois que j'étais un peu responsable de cette dérive à cause de l'attente affective dont je surcharge toute relation proche. Mes associés, mes collaborateurs et même mes secrétaires en savent quelque chose. J'offre ma confiance, j'aime, je m'enthousiasme, je suis déçue, je souffre, je hurle, je renie. Encore l'univers du travail m'impose-t-il un certain recul. J'ai bien peur qu'au sein de l'association mon affectivité n'ait pas connu de limites. Avec Christiane Cellier d'abord. Nous étions pourtant très différentes. Elle vivait dans un autre monde, avait une sorte d'aisance avec le pouvoir, la richesse, les conventions, que je rejetais et enviais tout à la fois. Mais j'étais surtout fascinée par cette fêlure profonde que dissimulaient à peine ses façons de grande bourgeoise. La mort d'Anne avait dynamité son âme. En cela nous étions identiques. Elle pouvait d'une seconde à l'autre être séductrice, cassante, effondrée, autoritaire, possessive, égoïste, charmante. Exactement comme moi. Nous n'avions pas besoin de mots pour nous affronter, pas davantage pour nous réconcilier. Nous sommes devenues comme sœurs, mère et fille, chien et chat, opposées et inséparables.

A mon arrivée, la Fondation portait la bonne parole dans les lycées, travail de l'infatigable, l'intègre, la scrupuleuse Patricia qui s'usait à la tâche. Je lui ai amené du renfort. Des bataillons de bénévoles levés aux quatre coins du pays. Ma bande d'éclopés, de veufs, d'inconsolés. Eux, je sais bien où je les ai rencontrés. Je connais par cœur leur malheur, l'accident qui les a brisés, le sentiment de totale absurdité qui les a envahis, les étapes de leur combat pour renouer avec la vie. Pour chacun d'entre eux, je me souviens du moment où j'ai vu s'opérer la métamorphose, naître le besoin de donner aux autres, de s'engager pour redonner un peu de sens à leur existence. Je les ai défendus du mieux que j'ai pu. Ils me l'ont rendu au centuple en luttant à mes côtés. Je les garde tous dans mon cœur, même ceux qui aujourd'hui se sont éloignés. Qu'ils me pardonnent de ne citer que les plus anciens, les plus fidèles compagnons de route. Jean-Pierre, le marin, ramené définitivement à terre un triste soir quand un cauchemar à gueule d'ivrogne a quitté la route et massacré sa femme. Jean-Pierre qui sait tout de la rouerie des assureurs, de la médiocrité de certains magistrats et qu'on ne fera plus jamais taire. Vincent, son fils, qui m'a faite maman d'adoption et que j'aime comme tel, qui est de toutes les aventures et serait capable, sur ses épaules de vingt ans, de porter dix associations. Dominique, la maraîchère, qui, à dix ans de distance, a perdu deux fils sur la route et se dresse pourtant comme une montagne de tendresse et de générosité. Didier, le routier, qui s'est fait voler un bras, une jambe mais qui n'acceptera jamais de se coucher. Ils sont valeureux, têtus, orgueilleux, rebelles, fidèles, magnifiques. Quand Christiane Cellier a fermé les portes de la Fondation, ils ont été eux aussi ébranlés mais ils ont refusé de baisser les bras. Ils ont créé Victimes et Citoyens, une autre association.

Ensemble, on a tout tenté pour secouer l'indifférence, sillonné la France, écumé les écoles, les marchés, les foires, les places publiques, les radios, les télévisions, les marches des palais de justice, les péages d'autoroutes à l'aube des week-ends meurtriers, lancé des tracts, des ballons, fait monter les plus sceptiques dans des voitures tonneaux ou des simulateurs de chocs, montré des images de tôles et de corps fracassés. Et nous avons passé des soirées entières à tenter d'expliquer, de mettre en garde, de convaincre. Avec, à chaque fois, le même scénario. Trois banderoles, une estrade, un micro. Parfois, la pièce est pleine. Le maire, les élus du conseil général, le représentant du préfet, les policiers et les pompiers ont fait le déplacement. Le plus souvent, les officiels se sont fait excuser et les intervenants sont presque aussi nombreux que les auditeurs. Je peste contre l'indifférence, ma journée perdue, la nuit qu'il faudra passer à l'hôtel, les dossiers qui attendent au cabinet. Je ne sais plus soudain pourquoi je mène ce combat qui n'intéresse personne. Et pourtant, à chaque fois, tout bascule. Souvent à cause d'un gamin, d'une maman. Une phrase, un visage, une réaction, et me voilà reprise par mon vieux démon. Je veux savoir pourquoi ils roulent sans casque sur des engins qu'ils ont débridés, pourquoi ils montent sans hésiter dans la voiture du copain qui a picolé, pourquoi les campagnes de prévention n'ont aucun effet. Je veux comprendre pourquoi le car scolaire s'arrête à l'endroit le plus dangereux, pourquoi on offre à un jeune de dix-huit ans, avec une bagnole à la carrosserie de carton et au moteur surpuissant, un passeport pour le cimetière. J'oublie l'heure, les convenances, le temps de parole du maire. J'interroge, je supplie, je m'acharne. Comme s'il s'agissait en face de moi de mes filles. Comme si devaient sortir de cette salle toutes les réponses que je cherche en ouvrant chaque dossier dans mon cabinet. Comme s'il fallait vaincre, ce soir-là, dans cet endroit perdu, devant vingt personnes, l'absurdité du carnage.

Je n'ai rien d'une héroïne

Combien de fois, pendant ces années, sommes-nous passés, mes compagnons et moi, pour une secte d'agités, des ayatollahs de la sécurité, des empêcheurs de jouir au volant ? Combien de fois me suis-je fait accuser, sur un plateau de télévision, d'être une dangereuse utopiste, une ennemie de la liberté, de vouloir revenir à l'âge de la charrette à bras ou même de comploter contre l'industrie automobile, fleuron de l'économie française ? Je l'ai dit : je n'ai pas la carapace d'une femme politique. Les polémiques me déstabilisent, lcs insultes m'atteignent. Je finis pourtant par digérer cette hostilité en me souvenant qu'il y a quinze ans, j'aurais peut-être eu les mêmes réactions, tenu le même discours. Il faut avoir vécu dans sa chair ou dans son cœur l'horreur de l'accident pour comprendre qu'en voiture, les notions de plaisir et de liberté sont dangereusement ambivalentes. Ceux qui s'en réclament finissent souvent par justifier les risques qu'ils prennent au nom de leur prétendue maîtrise du volant. Ils oublient toujours les risques qu'ils font courir aux autres, à ceux qu'ils transportent, à ceux qu'ils croisent. Je vois défiler tous les jours dans mon cabinet les victimes de ces conducteurs trop sûrs d'eux-mêmes. Quand on sait que ces certitudes peuvent tuer, on n'a plus le même regard.

Je peux comprendre l'hostilité des inconscients. J'ai beaucoup plus de mal à supporter la haine que mon combat semble susciter chez certains de mes confrères. Ceux qui à chacune de mes apparitions à la télévision ou dans une réunion d'association prennent leur plume pour se plaindre au bâtonnier, pour m'accuser de faire ma publicité ou de « racoler les clients ». La bassesse de ces attaques me confond. Le fait qu'elles puissent être prises au sérieux m'humilie. Il faut expliquer au lecteur que ma corporation est, comme celle des médecins, contrôlée par un ordre. Chaque barreau local élit son conseil et son bâtonnier chargés de défendre les intérêts de la profession mais aussi de régler les litiges qui peuvent survenir entre les avocats et leurs clients, à propos des honoraires ou de manquements à la déontologie. Lorsque la plainte semble recevable, l'avocat est invité à s'expliquer ou à justifier ses honoraires. Dans les cas les plus graves, il peut se voir suspendu ou radié du barreau. Par une navrante dérive, ces institutions sont aujourd'hui assaillies par des conflits entre confrères, expression de jalousies et de rivalités parfois dignes de Clochemerle. Une avocate du Sud-Ouest a été récemment suspendue pour avoir accompagné à l'accordéon son compagnon, musicien des rues. L'affaire a fait grand bruit et la justice a fort heureusement cassé la décision du bâtonnier. Je ne connais pas cette consœur mais je trouve, a priori, sa vocation musicale sympathique. Je suis prête à parier que si elle avait choisi le piano et s'était produite dans une salle de concert ou un salon bourgeois, elle n'aurait reçu de ses pairs que des applaudissements. Je flaire donc le règlement de comptes de notables un peu coincés contre l'enfant terrible ou la brebis galeuse.

J'ai bien peur que les raisons qui ont inspiré mes détracteurs soient plus triviales encore. En ces temps où la profession d'avocat est en crise économique, la moindre renommée médiatique, la moindre apparition publique fait figure de concurrence déloyale. Je suppose qu'en me voyant dans des réunions publiques ou des permanences d'association à Metz, Laval, Marseille ou Toulouse, certains confrères imaginent que je viens chasser sur leurs terres et détourner les trop rares clients. On m'a assuré que dans le même climat de paupérisation galopante, de tels soupçons empoisonnaient également les relations entre médecins.

Quoi qu'il en soit, j'ai dû maintes fois me justifier, expliquer à des bâtonniers peu au fait de la sécurité routière que je ne m'étais pas fracassé la colonne vertébrale pour nourrir mon ambition galopante, que les associations de victimes étaient parfaitement légales et que leurs coordonnées étaient officiellement diffusées par la police et la gendarmerie. Même si on oublie le travail quotidien de la prévention, si on réduit les associations au simple rôle d'assistance aux victimes, mes malheureux confrères se trompent encore d'ennemi. Ces associations informent gratuitement les accidentés sur leurs droits, leur rappellent qu'ils peuvent contester les propositions des assureurs, poursuivre le responsable en lieu et place du parquet, se pourvoir en justice avec l'avocat de leur choix. Ces associations amènent certainement beaucoup plus de victimes dans les cabinets de mes confrères que ma petite notoriété n'est supposée leur en enlever. Le véritable ennemi des avocats, comme celui des victimes, ce sont ces petites sociétés dites « de recours », fondées par d'anciens assureurs ou d'ex-policiers, qui promettent aux accidentés de gérer leur indemnisation, miment le travail des avocats sans en avoir ni les compétences ni les moyens. J'ai vu tant de victimes trahies, abusées, volées par ces officines qui semblent bénéficier de tout un réseau de complicités, de protections et je n'ai jamais entendu un seul barreau, un seul de mes confrères les dénoncer. Méconnaissance peut-être, paresse sûrement. Il est plus facile de se plaindre auprès d'un bâtonnier que d'alerter les pouvoirs publics, l'opinion, les médias et les accidentés.

Je leur en veux, c'est vrai. J'en veux à ces confrères, si peu fraternels, de m'avoir obligée après d'harassantes journées, à reprendre la plume pour me justifier. Je leur en veux d'avoir sali mon nom et mon engagement auprès de bâtonniers et de barreaux qui ne me connaissaient pas. Je leur en veux de m'avoir fait, parfois, douter de moi-même. Il y a des blessures, chez moi, qui ne se referment pas. Surtout celles qui touchent à la légitimité. Je suis faite de bric et de broc, construite à partir d'accidents, d'épreuves, de fuites, de culpabilités et de retours difficiles sur moi-même. Je n'ai rien d'une héroïne ou d'une force tranquille. La moindre attaque, même infondée ou délirante, peut suffire à me faire perdre le sentiment fragile de ma propre cohérence.

Que me reproche-t-on au juste ? De défendre les

victimes plutôt que les prévenus ? De passer trop souvent à la télévision ? De malmener les assureurs ? De critiquer le comportement des magistrats ? Ou bien de militer pour qu'il y ait moins de morts sur la route et donc moins de clients potentiels pour ma profession ? C'est vrai : je gagne ma vie en défendant des accidentés et je me bats chaque jour pour une vie sans accidents. C'est une contradiction. C'est ma contradiction. Je ne peux la dénouer ; elle me définit.

Que ceux qui ne comprennent pas me suivent à Lyon, Biarritz, Clermont-Ferrand, pour une de ces permanences gratuites que je tiens à la demande des associations. Les visages, les histoires se bousculent toutes les demi-heures. Impossible de donner davantage à chacun. Juste le temps de quelques conseils ou de simples paroles de réconfort quand plus rien n'est possible. Juste le temps d'entrevoir une détresse, de refermer la porte sans pouvoir l'oublier. Le premier entre lentement avec ses cannes. Sa femme porte le volumineux dossier. L'accident date de douze ans. Ce sont les genoux qui ont trinqué. Plus question de faire le plombier. Il a trouvé un petit boulot dans une cantine sans cesser de lutter contre une immense fatigue. On a découvert l'hépatite C il y a deux ans. Les médecins pensent que le virus a infecté le sang transfusé après l'accident mais l'assureur du responsable ne veut rien savoir. Maintenant il n'a plus de travail, plus d'argent, plus d'énergie pour se battre.

Eux ont perdu leur gamin il y a neuf mois sur une route de campagne où il faisait du vélo. L'automobiliste jure qu'il s'est jeté sous ses roues. Le gosse n'est plus là pour le contredire. Les deux témoins ont entendu un grand bruit mais n'ont rien vu. L'affaire a fait le bonheur d'une de ces bandes d'escrocs qui rôdent autour des victimes, une fausse association qui fait signer de vrais contrats pour négocier avec les assureurs. On a fait toucher aux parents 10 000 euros comme prix de leurs souffrances ainsi que le remboursement des frais d'obsèques amputés d'un confortable pourcentage. Et voilà que le procureur a classé la plainte sans suite. Et c'est à moi d'annoncer à ces gens qu'ils n'ont plus de recours : leur indemnisation bâclée les prive du droit de demander justice.

Encore un vélo, encore une route de campagne. Mais l'accident a sept ans et l'enfant s'en est sorti. Avec ses jambes, ses bras mais plus toute sa tête. Ce n'est pas qu'il soit idiot mais plutôt comme si son esprit s'évadait par toutes les fenêtres, battait la campagne et oubliait le chemin pour revenir. Avec parfois des colères terribles qui le rendent violent. Il a grandi de centre de rééducation en centre de formation, revenant pour les vacances chez des parents qui s'inquiètent pour l'avenir, qui ne savent pas comment lui éviter le pire, c'est-à-dire le CAT ou l'hôpital psychiatrique. L'assureur et ses experts retardent indéfiniment le moment de payer. Le confrère qui s'occupe du dossier n'a pas fait grand-chose. Il est très efficace, paraît-il, dans l'immobilier. Je n'ai pas le droit de critiquer un autre avocat. Une vieille règle de notre profession, peu respectée, mais que je ne transgresse jamais.

Les suivants tiennent à peine dans la petite pièce. Il faut emprunter des chaises, à côté, au foyer du troisième âge. Ils ont apporté des cartes, des dessins, des photos qu'ils étalent sur la table. Ils parlent tous en même temps, se coupent la parole. Ils sont pénibles et pourtant émouvants, Ce sont les fils, les filles, leurs époux, toute une famille entourant une vieille dame silencieuse qui veut comprendre pourquoi son mari est mort il y a deux mois à un carrefour. « Refus de priorité », ont lâché les gendarmes qui soutiennent que le vieil homme fatigué n'aurait pas vu le stop. Mais sur le procès-verbal sommaire qu'ils ont dressé, rien ne colle : ni les témoignages lacunaires, ni la position des voitures, ni la route que devait emprunter la victime.

Encore un enfant, percuté au beau milieu de la chaussée à 8 heures du matin. Parce que ce jour-là, la maman ne l'a pas fait traverser, qu'elle avait un rendez-vous chez le médecin pour le petit frère, Parce que le car scolaire continue à s'arrêter de l'autre côté de la départementale pour éviter un demi-tour. Malgré toutes les pétitions des habitants de la résidence. Encore un grand-père, broyé avec son vélo, coincé entre le trottoir et la roue de la benne à ordures. Parce que le stagiaire qui conduisait le camion ce matin-là accomplissait son premier parcours. Parce que le rétroviseur latéral sur cet engin laisse un trop grand angle mort sur la droite. Parce que le bruit de la benne a couvert les cris du papy.

C'est trop. Trop de circonstances parfaitement prévisibles. Trop d'absurdités sous l'implacable logique de l'enchaînement des faits. Trop d'échos dans ma mémoire avec des dizaines de drames semblables. Il y a un moment où l'horreur déborde. Où je ne peux plus écouter avec assez de distance. Est-ce l'absence du bureau et de ses rituels ? Est-ce la proximité qu'impose la petite permanence ? Je sens que tous ces récits m'avalent, que ces morts, ce sang, ces cris, ces plaintes se mêlent dans ma tête, entament une ronde macabre, réveillent d'autres fantômes. Elodie et Yasmine, happées sur le talus herbeux d'une nationale alors qu'elles allaient voir leur grand-mère et traînées sur deux cents mètres. Benoît, mutilé sur son scooter à la fin de sa première journée de livreur de pizzas, un boulot d'été décroché à dix-sept ans à l'insu de ses parents et en mentant sur son âge. Mathieu, massacré à quatre ans parce qu'un abruti, au sortir d'un repas bien arrosé, a décidé d'essayer son cabriolet tout neuf sur l'une des grandes avenues de Marseille. Renaud et Bastien, enroulés autour d'un arbre à cinq cents mètres de la maison après qu'un ami de la famille a voulu démontrer qu'il pouvait conduire en sabots à plus de 120 km/h. Violaine et son frère Pierre dont la vie s'est arrêtée à dix-huit ans et à moins d'un kilomètre de la discothèque de Bretagne où ils allaient fêter leur majorité, parce que, en sens inverse, un inconscient venait de quitter le même établissement tellement imbibé que deux videurs l'avaient porté jusqu'à sa voiture. Audrey, Maxime, Arnaud, Thibaut et Robin, calcinés près d'Orly, et tant d'autres, depuis des années, dont les noms couvrent les murs de mon bureau.

Il ne faut pas se laisser envahir. Pas se laisser hanter. Je vis quotidiennement avec la mort et la souffrance. Difficile de faire autrement avec ce métier. Mais cette fréquentation quotidienne ne m'a pas vaccinée. Je n'ai pas le cynisme élégant de certains médecins, la sereine indifférence qu'on devine sous le masque compatissant des commerçants en funérailles. Moi, la mort, ça ne passe pas. Même à petites doses répétées, de clients en clients, de fracas de carrosserie en dérapages de bistouri, de rapports d'autopsie en factures de caveau. Ça me serre le cœur, les boyaux. Surtout quand il s'agit d'enfants, d'adolescents, qu'on me glisse leurs photos sous le nez, qu'on me raconte leur vie à peine ébauchée avec la voix qui se casse. Je ne sais pas quoi dire. Je laisse le silence m'emmurer. Je voudrais pouvoir consoler, dire qu'il y a quelque chose après, qu'ils sont là invisibles autour de nous, que leurs vies continuent sous une autre forme. Mais ça ne sort pas. Ou pas bien. J'ai l'impression que mes mots manquent de foi.

Petite, j'étais catholique. Baptisée à Domrémy s'il vous plaît, en hommage à la Pucelle dont je porte le prénom, pour la remercier d'avoir donné à ma mère une fille après trois garçons. On m'a envoyée au catéchisme, chez les bonnes sœurs pendant le collège. Je me suis mariée à l'église. La première fois. Après, de divorce en remariage, j'ai appris à me passer des sacrements. Il me reste encore quelques traces profondes : le frisson du sacré dans quelques cathédrales, la prière sur les lèvres dans les situations désespérées, le pèlerinage à Lourdes pour Eva. Et surtout, la certitude que quelque chose nous dépasse que je ne connais pas. Mais ce n'est pas suffisant pour croire à l'âme immortelle ou à la résurrection des corps.

Je me sens plus à l'aise avec une vague promesse de réincarnation. J'aimerais être bouddhiste, me délivrer des cycles de la souffrance et de l'illusion, respirer la paix et la joie comme le dalaï-lama, mais je n'ai aucune disposition pour la méditation. A défaut de religion, je suis sensible à ces signes furtifs d'un hypothétique au-delà que l'on me rapporte parfois. Je discute des heures avec cet homme qui l'an passé a perdu sa femme et ses trois enfants et a fait retraite dans un monastère. J'écoute cette femme me raconter les troublantes coïncidences qu'elle observe depuis la mort de son gamin. Ou cet autre client, rationaliste convaincu, qui, une semaine avant l'accident qui lui a enlevé son fils, s'est fait aborder dans le métro par une femme le sommant de croire à l'existence des anges gardiens.

Je suis fascinée par ces récits. Pas assez cependant pour apaiser les doutes qui me taraudent. Bref, j'ai le cul entre deux chaises : pas assez de foi pour nourrir une vie spirituelle, pas assez de matérialisme pour pouvoir m'en passer. Forcément, chez moi, les morts sont à la peine. Privés de paradis comme de transmigration des âmes, de repos éternel comme d'oubli, ils errent dans ma tête, dans mes nuits d'insomnie. Ni anges gardiens, ni démons, ils pèsent de toute leur inutilité.

J'ai mis du temps à comprendre, à mesurer le poids de mes fantômes, à admettre que je ne pouvais pas continuer à vivre ainsi. Je dois cette révélation à un voyage, il y a trois ans, à la Réunion. Deux jours de colloque sur la sécurité routière, trois jours de repos au soleil : l'invitation du conseil général n'était pas à dédaigner. Pourtant rien ne s'est déroulé comme je l'espérais. Je rêvais naïvement de sable fin et de cocotiers ; j'ai trouvé la poussière noire du volcan, une nature splendide mais tourmentée. En prime, un taux d'accidents record freinant chez moi tout désir de découverte.

Le quatrième jour, surmontant ma peur, j'ai accepté une équipée au cirque de Cilaos en compagnie de l'organisateur du colloque : cent vingt kilomètres de route escarpée entre des à-pics vertigineux. Dès le début de l'ascension dans ce paysage dantesque, je me maudissais d'être montée dans cette voiture, de ne pas oser ordonner un repli stratégique de peur de vexer mon hôte. Puis il s'est passé quelque chose d'étrange. Le parfait fonctionnaire territorial, rigoureux président du colloque qui s'était tenu la veille à Saint-Denis, s'est mué, au fil des kilomètres, en un déconcertant gourou. Devinant mon angoisse, il ne cessait de me parler. De mes peurs, de ma vie, de ces morts violentes qui m'entourent, de ces vies inachevées, de ces âmes en souffrance. Avec une gentillesse constante et une clairvoyance surprenante. Au début j'avais du mal à entrer dans son discours peuplé de rites catholiques, de divinités hindoues, de sorcellerie créole et de vagues références psychanalytiques. Puis j'ai compris que cet homme, comme toute la Réunion, était un mélange détonant de toutes ces influences. Parce que ses mots touchaient juste, parce que cette montée aux enfers leur sertissait un décor parfait, j'ai abandonné toute résistance. De retour du cirque de Cilaos, j'étais prête à rencontrer un vieux sage guérisseur qui m'aiderait à trouver la paix.

Le lendemain, j'ai fui. Je suis repartie vers Paris, la civilisation rationnelle et rassurante. Pas de vieux sages, pas de talismans, pas de guérison. J'ai raconté mon aventure en riant, tout en gardant pour moi sa leçon. On ne peut pas vivre quotidiennement avec la mort sans se protéger. Les rites de toutes les religions ont cette fonction. Ils gardent la porte du royaume des morts, célèbrent la mémoire et libèrent les vivants. Puisque j'avais perdu les rituels de mon enfance, il fallait bien m'en inventer de nouveaux, à la mesure de mes questions et de mes doutes.

Dans un coin de mon bureau, sur le radiateur, j'ai bâti un minuscule autel. Comme le font, à proximité de leur maison, les Réunionnais, comme le faisaient nos ancêtres en érigeant calvaires ou chapelles de la Vierge à la croisée des chemins. Mon sanctuaire improvisé est beaucoup plus modeste. C'est une petite statuette en bronze ramenée d'Inde et figurant je ne sais quelle divinité. J'ai placé sur son bras en guise de chapelet un de ces colliers de perles en plastique que confectionnent les enfants. Certains soirs, quand la journée a été rude, la mort trop présente, j'y place un bâtonnet d'encens.

L'arène politique, très peu pour moi

Les attaques de mes confrères, les lettres des bâtonniers ont brusquement cessé il y a deux ans. Je peux même dater avec précision le revirement : 14 juillet 2002, le jour où Jacques Chirac a rompu trente années de silence politique, le jour où la lutte contre la barbarie routière est devenue une priorité de son second mandat. Depuis, plus personne n'a contesté l'utilité des associations de victimes, mon rôle de porte-parole, mes réunions d'information ou de débat aux quatre coins de la France. Miracle de la parole politique : avant, la mort sur la route n'était, pour certains, qu'un marché jalousement disputé ; après, c'est, pour tous, une grande cause nationale intouchable.

Ce n'est pas le seul miracle opéré par le président de la République, ce jour-là. Avant le 14 juillet 2002, on meurt dans l'indifférence générale, le débat est rare ou impossible et même les bilans officiels sont truqués. Après le discours présidentiel, le gouvernement promet la transparence, plus aucune question n'est taboue, les médias, le Parlement se passionnent pour la question. Avant, les contrôles sont épisodiques, les contraventions sautent plus vite qu'elles ne tombent, les chauffards sont assurés d'une relative immunité. Après, on proclame la tolérance zéro, les radars automatiques flashent le moindre excès et l'informatique extermine les passe-droits et les petits arrangements avec la loi. Et avant même que l'arsenal répressif ne se mette en branle, les conducteurs lèvent le pied, la route s'apaise. En quelques mois, on sauve mille, deux mille, trois mille vies.

Le miracle, qui me ravit, m'interroge aussi. Pourquoi seulement maintenant ? Pourquoi fallait-il attendre cinquante ans, cinq cent mille morts, pour hausser le ton, dire la vérité, remettre de l'ordre, faire appliquer la loi ? On m'explique qu'on ne touche pas à la voiture impunément, qu'envoyer les gendarmes taquiner l'automobiliste n'est pas une mesure des plus populaires, que le conducteur libre et content achète toujours plus gros, plus puissant et tire ainsi la reprise de l'économie. On aurait ainsi sacrifié dix mille morts par an pour ne pas désespérer Billancourt, Renault, Peugeot, Citroën et le CAC 40 ! J'entends bien ces cyniques raisons. Mais alors, pourquoi cette soudaine conversion humanitaire de nos gouvernants ? Pourquoi les élus revendiquent-ils aujourd'hui un courage politique susceptible de fâcher les chauffards électeurs ? Pourquoi les lobbies industriels qui bloquaient toute réforme ont soudain changé d'avis ? Je crois que mes compagnons et moi, tous les Pieds Nickelés des associations de victimes, nous ne sommes pas pour rien dans cette révolution.

Ma modeste contribution débute en janvier 2000 quand Christian Gérondeau débarque, un jour, dans mon cabinet. L'homme est une légende dans le milieu de la sécurité routière. Il a été dans les années 1970 le premier délégué interministériel, a avoir mis en place les limitations de vitesse, les premiers contrôles d'alcoolémie. Ses résultats ont été spectaculaires tant que les politiques ont soutenu son action. Puis la volonté a faibli, gendarmes et policiers ont été affectés à d'autres tâches et on s'est débarrassé de ce haut fonctionnaire trop convaincu par sa tâche. Le personnage m'impressionne et son projet me sidère. Il veut me convaincre de diriger une liste « sécurité routière » aux prochaines élections européennes, au mois de juin. J'éclate de rire. J'adore les idées folles, les paris insensés, mais cette fois, l'audace dépasse la mesure. J'ai du monde politique, que j'ai quelquefois observé de près, une vision assez pessimiste et je ne vois pas ce que nous gagnerions à nous fourvoyer dans une telle aventure.

Très vite pourtant, les arguments de Christian Gérondeau font mouche : les responsables politiques ne s'occuperont jamais de la mort sur la route si on ne vient pas les provoquer sur leur propre terrain. Les élections européennes, seul scrutin national à la proportionnelle, sont une occasion unique pour que des petites listes viennent menacer les partis en place et fassent entendre leur voix. L'occasion aussi de rappeler que la France est, en matière de sécurité routière, la lanterne rouge de l'Europe alors que l'Angleterre et les pays scandinaves ont réussi à faire baisser de manière spectaculaire le nombre d'accidents. Se battre pour épargner à la France dix mille morts et cent trente mille handicapés par an n'est pas un enjeu indigne de la politique et nous ne sommes, après tout, pas moins légitimes que les tenants de Chasse, Pêche et Tradition ! Devant ce plaidoyer, j'ai fini par concéder : « D'accord, vous avez raison. Mais pourquoi moi ? Je ne suis pas la plus qualifiée, ma charge de travail est déjà énorme et les délais sont très courts. »

Mon interlocuteur abat alors sa carte maîtresse. Un sondage d'opinion, réalisé à mon insu par un célèbre institut politique, me crédite de cinq pour cent des intentions de vote. Sur mon seul nom et l'étiquette « sécurité routière ». Stupéfiant ! Je feuillette distraitement le détail de l'étude mais ma tête est ailleurs. Je viens de prendre en pleine gueule la preuve de ma notoriété. Pourquoi ne pas avouer que c'est infiniment agréable ? Pour mon ego, bien sûr : revanche sur les vieilles blessures, les rivalités familiales, la petite cadette promise à seconder ses frères brillants. Mais aussi pour tout le combat mené depuis des années, les épreuves, les moments de doute, de désespoir. Cinq pour cent des intentions de vote, cela vaut largement tous les flashes des photographes, tous les applaudissements, tous les plateaux de télévision. Je comprends tout à coup l'ivresse narcissique qui peut étreindre un responsable politique, lui faire perdre la tête. Il vaudrait mieux que je reste lucide. Les sondages peuvent se tromper. La campagne n'a pas commencé et aucune liste ne s'est déclarée. Mon nom et mon action brillent facilement dans le désert, nourrissent peut-être des malentendus. Tout cela peut se dissiper, se dissoudre quand les ténors de la politique, les poids lourds et leurs partis vont entrer en scène. Nous serons étouffés, laminés. Plus personne ne se souviendra de la petite Collard. Je dis tout cela à Gérondeau et je lui dis aussi que je veux réfléchir. Au fond de moi, je sais déjà que la tentation d'aller jusqu'au bout de cette révélation sera la plus forte.

Aussi, dès la deuxième entrevue, Christian Gérondeau achève de me convaincre : Geneviève Jorgensen, la fondatrice de la Ligue contre la violence routière dont j'admire le combat, et le professeur Claude Got sont prêts à s'engager sur la liste. Je connais le professeur de réputation. Il est un des experts français incontournables en matière de santé publique et de prévention des risques. Depuis vingt ans, il a été de tous les combats : tabac, alcool, amiante. Aujourd'hui à la retraite, il est toujours un conseiller écouté, consulté et craint pour sa totale indépendance. On me l'a décrit comme un ayatollah austère et intransigeant. Je découvre un être d'une intelligence pétillante, d'une infinie patience et d'un formidable respect pour les autres. Il est vrai que son exigence scientifique, son refus de plier devant les demi-mensonges ou la raison d'Etat ont dû lui valoir une armée d'ennemis prompts à la caricature.

Avec lui, notre équipe me paraît inattaquable. Nous nous mettons au travail. Geneviève et moi devons mobiliser les associations de victimes, trouver des troupes dans chaque département. Christian Gérondeau, devenu secrétaire général de l'Union routière, une fédération de syndicats professionnels, se fait fort d'obtenir le financement nécessaire pour notre campagne. Claude Got est chargé de mettre en forme notre argumentaire. Ce n'est pas la tâche la plus facile. Chacun de nous quatre a sa propre approche de la sécurité routière.

Or nous devons parler d'une seule voix et nous limiter à quelques idées-force pour être entendus. D'autant que nous risquons d'affronter les dénigrements des autres partis et le scepticisme goguenard des journalistes politiques. Pédagogue-né, Claude nous réunit deux fois par semaine pour passer nos convictions au crible des données statistiques, des études scientifiques. Mais il parvient aussi à utiliser le meilleur de nos expériences.

Un mois plus tard, nous avons un programme commun sans qu'aucun d'entre nous n'ait l'impression d'avoir fait des compromis. J'éprouve même le sentiment rare de m'être formidablement enrichie en revisitant avec un autre regard cinq années de dossiers, de débats et d'activisme forcené. Je ne sens ni la fatigue ni les vieilles blessures. Je me sens prête à en découdre. Les messages de soutien des membres de la Fondation Anne Cellier et de la Ligue contre la violence routière arrivent de toute la France. Mes anciens clients se mobilisent par centaines. Ils sont prêts à coller des affiches, à distribuer des tracts dans les boîtes aux lettres. Lorsqu'ils me téléphonent, les larmes me montent aux yeux. Je suis émue qu'ils acceptent aussi facilement de nous suivre dans une pareille aventure. Je ne soupçonnais pas la force du lien créé le temps d'un procès. Si d'autres victimes réagissent de la même manière, le sondage dit peut-être vrai. Après tout, cent mille accidents corporels, cela fait beaucoup de familles françaises touchées chaque année. Autre bonne nouvelle : une agence de publicité accepte de nous aider bénévolement. Il est temps de déclarer publiquement nos candidatures car la rumeur a déjà gagné quelques feuilles confidentielles. Je sais même que les ministères sont au courant. D'importants personnages ont contacté Christiane Cellier pour vérifier ce qui se trame.

C'est alors qu'un beau matin, Christian Gérondeau, piteux, nous annonce la fin du rêve. Les entreprises dont il espérait le soutien financier lui ont fait savoir qu'il n'aurait rien. L'Union routière lui intime l'ordre de se retirer de la liste et nous devons même déménager immédiatement notre petit QG des bureaux qui nous avaient été prêtés. Que s'est-il passé ? Notre ami semble incapable de nous fournir une explication cohérente. Je comprends qu'il est tenu au silence. Je suppose que quelque parti politique, mécontent de nous voir troubler le jeu électoral, contribuer à l'éparpillement des voix est intervenu auprès de nos bailleurs de fonds potentiels, des entreprises qui ont toujours quelque chose à négocier en échange de leur docilité. Sans argent, nous ne pouvons rien. J'apprends que les élections européennes sont particulièrement coûteuses. A l'inverse des municipales ou des législatives, c'est une élection nationale : il faut être présent dans toute la France. Et contrairement aux présidentielles, l'Etat ne prend pas en charge le coût du matériel électoral. Il se contente de rembourser nos dépenses si nous dépassons cinq pour cent des suffrages. Un seuil hors de portée si on ne trouve pas nos bulletins dans tous les bureaux de vote. Imprimer des millions de bulletins est déjà hors de nos moyens ; rêver à des affiches, à des meetings est une pure utopie. Le piège mathématique se referme. La démocratie est bien verrouillée par les partis. Elle est pratiquement inaccessible aux associations, aux mouvements de la société civile à moins de disposer d'un trésor de guerre ou de riches soutiens. Hélas, ceux qui ont fait miroiter à Christian Gérondeau la possibilité de l'aventure, qui n'ont pas hésité à financer le sondage sur mon nom, nous ont coupé les vivres.

Cette trahison me révolte. Elle sent les groupes de pression occultes, la loi du silence, la conspiration des puissants. Tout ce que nous combattons. J'exhorte mes amis à passer outre, à dénoncer publiquement les pressions, à lancer une souscription auprès des membres de nos associations. Geneviève Jorgensen annonce qu'elle se retire à son tour, le départ de Christian Gérondeau hypothéquant à ses yeux la force du projet. Elle a une expérience directe de la politique qui me manque. Elle sait, elle, que la partie est finie. C'est la débandade de notre petite équipe et ma consternation. Je vis durement cet enthousiasme gâché, ces heures de travail sacrifiées, surtout la nécessité d'apprendre à tous ceux qui nous avaient soutenus que le combat s'arrête avant d'avoir commencé. Je pleure ma jubilation perdue. J'en veux à Christian Gérondeau d'avoir joué les magiciens, d'avoir nourri mes rêves sans aucune précaution. J'ai la conviction qu'une fois de plus, l'absurdité a gagné la partie.

C'est Claude Got qui m'a aidée à remonter la pente, à retrouver mes marques. Nous avons longuement parlé d'espoirs et de défaites. J'ai appris que, pneumologue de formation, il avait trouvé son chemin de Damas à l'hôpital de Garches, devant les corps disloqués des accidentés qui arrivaient en masse chaque week-end dans un ballet d'hélicoptères et d'ambulances. « On ne se remet jamais de l'autopsie d'un enfant », m'a-t-il confié. Alors il n'a plus eu qu'une seule passion : empêcher la tôle, la vitesse, la puissance incontrôlée de meurtrir la chair, de voler la vie. Avec l'acharnement d'un épidémiologiste, il s'est attaché à convaincre tout le monde, pouvoirs publics, constructeurs automobiles, conducteurs, qu'un certain nombre de mesures simples pouvaient éviter le pire. Il a démontré ainsi l'efficacité de la ceinture, de l'airbag. En analysant des dizaines de milliers d'enquêtes de police et de gendarmerie, il a chiffré exactement le rôle de l'alcool dans l'accident qui tue. Un travail de fourmi mais indispensable pour faire taire les vendeurs de vin, de bière ou de pastis qui hurlaient à l'assassinat de leurs fonds de commerce.

Claude est un moine jovial, persuadé des vertus de la raison, un virtuose du principe de précaution. Mais il n'a rien d'un intégriste. Son honnêteté intellectuelle est stupéfiante. Aucun argument ne trouve grâce à ses yeux tant qu'il n'est pas scientifiquement démontré et même s'il sert la cause. Je l'ai vu refuser d'affirmer publiquement que le cannabis provoquait des accidents parce qu'il n'avait pas encore assez de données statistiques. Au risque de se voir dénoncer comme un soixante-huitard attardé ou un drogué caché. Lui qui n'a jamais touché une cigarette. Mais j'ai découvert aussi, à peine cachées sous la rigueur du scientifique, une sensibilité pudique, une ferveur intérieure. Claude, c'est une amitié discrète mais clairvoyante. Après notre équipée avortée, il a patiemment démêlé les bonnes et les mauvaises raisons de ma gueule de bois. Grâce à lui, j'ai compris que je m'étais fourvoyée du côté du miroir aux alouettes. Un sondage avait suffi à me tourner la tête, à me rêver élue du peuple, à oublier mes limites. L'arène politique, très peu pour moi. Je ne suis pas assez coriace, pas assez réaliste non plus. En revanche, j'avais appris une chose importante : les responsables politiques, la gauche au gouvernement à l'époque comme sans doute la droite à l'Elysée, avaient eu peur. Ils s'étaient sentis suffisamment menacés par notre début de fronde pour intervenir et stopper net l'aventure. Si nous représentions un danger potentiel, c'est que notre combat devait trouver un certain écho dans l'opinion. D'autres sondages venaient d'ailleurs de confirmer que l'accident de la route figurait en bonne place dans les craintes des Français. Cet intérêt, cette peur des responsables politiques, je pouvais les utiliser pour faire changer les choses. Pas sur le terrain miné des élections, mais sur le mien. Avec mes propres armes. Celle d'une avocate.

Si la menace des bulletins de vote n'était pas à ma portée, il me restait celle du procès. Un procès des responsables politiques, de gauche comme de droite, devant la Cour de justice de la République, pour avoir laissé s'accumuler les cadavres pendant des années sans prendre les décisions nécessaires pour stopper le carnage. Claude Got et moi nous pouvions mettre en branle le même scénario qui avait semé la terreur lors de l'affaire du sang contaminé par le virus du sida. Qu'avait-on reproché alors au Premier ministre, Laurent Fabius, et au ministre de la Santé ? De n'avoir pas pris les mesures qui s'imposaient pour éviter la contamination des produits sanguins destinés aux transfusés et aux hémophiles, d'avoir pour des raisons économiques laissé écouler des stocks potentiellement dangereux. Or, pour la mort sur la route, le scénario est encore plus accablant. Les risques sont parfaitement connus et font l'objet, chaque année, de nombreux rapports statistiques. Les solutions existent : créer une police spécifique de la route, améliorer la cohérence des contrôles et des sanctions, limiter la vitesse des voitures à la construction, évaluer de manière indépendante les infrastructures routières dangereuses, etc. Certaines de ces solutions ont été appliquées avec succès dans d'autres pays. Toutes ont fait l'objet d'un rapport d'experts unanimes, et ce à la demande du gouvernement de Michel Rocard en 1989. Pourtant, depuis, personne n'a rien fait pour les mettre en œuvre et tenter d'épargner des vies. La mort des cinq jeunes gens innocents sur l'autoroute A106 que je vais plaider bientôt est, hélas, l'illustration limpide de ce que Claude Got et moi voulons dénoncer. L'ivresse du conducteur qui a percuté leur voiture n'est pas seule en cause. Sans la vitesse excessive, le réservoir de leur petite voiture n'aurait pas explosé. Thibaut et ses copains auraient au moins eu une chance de s'en tirer. Sans la vitesse excessive, la collision aurait peut-être été évitée. A 160 km/h, avec des réflexes ralentis par l'alcool, il faut au moins trois cents mètres pour s'arrêter. Si le moteur de sa voiture avait été bridé à 130 km/h, la vitesse maximale autorisée en France, le chauffard n'aurait eu besoin que de deux cents mètres. Cent mètres de moins et cinq vies sauvées.

Qui a permis la commercialisation de ces voitures capables d'atteindre des vitesses où les voitures deviennent des pièges mortels, où les airbags et ceintures n'ont plus d'utilité, où le corps humain n'a plus aucune chance de résister ? Qui a fermé les yeux sur ces indicateurs de vitesse en folie, banalisant des puissances où la moindre seconde d'inattention mène tout droit au carnage ? Qui autorise la vente massive de ces engins de mort quand la moindre patinette, la moindre piscine sont aujourd'hui sévèrement réglementées ? Quand on proclame, au nom du principe de précaution, l'embargo sur la viande bovine par crainte de la maladie de la vache folle qui a fait neuf victimes en France, qui tolère sans sourciller dix mille morts par an ?

Pour l'épidémie du sida, on pouvait encore spéculer sur le degré d'information des responsables politiques. Pour la barbarie routière, l'excuse ne tient plus. La menace d'un procès devant la Cour de justice de la République est donc parfaitement crédible juridiquement. Nous allons la brandir, Claude Got et moi. Non pour faire condamner Chirac, Jospin, Jean-Claude Gayssot ou leurs prédécesseurs, mais pour les obliger à agir par crainte de la condamnation et du scandale. En 2001, je publie *Le scandale de l'insécurité routière : à qui profite le crime ?* qui expose froidement la possibilité pour des victimes de la route de mettre en cause la responsabilité politique. La même année, Claude Got met en libre accès sur Internet tout l'argumentaire d'une plainte potentielle devant la Cour de justice de la République. Les médias, qui comprennent très vite l'enjeu de ces publications, multiplient les interviews et les articles.

J'ai su très vite que la menace était prise au sérieux. Dans les rangs du gouvernement, on se renseigne discrètement sur le sérieux de nos intentions et sur la validité juridique de notre argumentation. Pour le ministre des Transports, l'affaire tombe au plus mal car les bilans routiers sont déplorables, l'hécatombe devient alarmante chez les plus jeunes. Pourtant le ministre semble incapable de réagir. Sa loi sur les « grands excès de vitesse » est l'exemple même de la mesure désastreuse. Elle semble dire aux automobilistes que les « petits excès » sont innocents et qu'on peut allègrement dépasser de 40 km/h les vitesses autorisées sans risquer une véritable répression. En réalité, la gauche a les yeux rivés sur l'élection présidentielle de 2002 et ne veut rien faire qui fâche l'automobiliste électeur.

Chez Jacques Chirac, on est plus clairvoyant. Dès que le président annonce sa candidature à une réélection, il convoque à l'Elysée, pour la première fois, une réunion sur la sécurité routière. J'y suis conviée comme Claude Got. A la sortie, Jacques Chirac prend même la peine de me dire tout l'intérêt qu'il a trouvé à mon livre. Deux mois après son triomphe, il annonce que la lutte contre l'insécurité routière devra être une des priorités de son quinquennat. D'autres considérations ont peut-être pesé dans la décision du président de la République. L'humanitaire est à la mode chez les politiques : annoncer la sécurité routière, la lutte contre le cancer et le sort des handicapés comme les grands chantiers présidentiels était sans doute une bonne manière de se démarquer des septennats précédents. Il n'empêche : de ces trois chantiers, seule la lutte contre l'insécurité routière a progressé de manière vraiment efficace. Je suis sûre que la menace brandie y est pour quelque chose.

J'entends déjà les bonnes âmes hurler au scandale : « Vous pénalisez à outrance la vie publique. Vous faites le jeu de l'extrémisme en traitant les responsables politiques comme de vulgaires délinquants. Vous dénaturez la fonction de la justice. » Je ne dénature rien du tout. La justice est un pouvoir qui, en démocratie, doit servir à contrôler et équilibrer la puissance des autres pouvoirs, politiques ou économiques. C'est une arme légitime quand groupes de pression ou indifférence bloquent depuis des années toute action publique. Et c'est une arme efficace. Pendant vingt ans, les victimes de la route ont clamé dans le désert. Une tentative de liste aux élections européennes, une menace de Cour de justice, et voilà un revirement spectaculaire, un sursaut politique, une mobilisation sans précédent qui sauve plus de trois mille vies en deux ans. Trois mille vies pour quelques magistrats mobilisés et quelques responsables politiques inquiétés. Si c'est le seul prix à payer, alors je n'hésite pas une seconde.

Je sais que cette détermination ne plaît pas à tout le monde. La prétention des victimes à intervenir bruyamment dans le débat public en exaspère plus d'un. Il ne se passe pas de jour sans que je lise sous la plume d'un magistrat, d'un politique ou d'un sociologue des lamentations sur la « victimisation » de la société. Il y a dix ans, on dénonçait dans les mêmes termes les ravages de la « médiatisation ». Presse et télévision étaient accusées de caricaturer le débat politique, de court-circuiter le travail de la justice. Aujourd'hui, ce sont les victimes qui servent de boucs émissaires. On leur reproche d'accaparer l'attention des médias, le temps des magistrats, d'introduire l'émotion et le sentiment dans le débat public, bref de pervertir notre démocratie.

On ne m'a pas épargné ces attaques lorsque j'ai écrit *Victimes, les oubliées de la justice.* J'étais soupçonnée de dérives populistes, voire même de positions d'extrême droite. Etrange caricature du débat politique. Défendre les droits des prévenus, militer contre les excès de la détention préventive ou les dérapages des juges d'instruction serait-il l'apanage d'une conscience de gauche ? La même exigence de respect pour les victimes ferait-elle automatiquement de moi une mauvaise républicaine, un suppôt de Le Pen ? Désolée, je refuse l'alternative. Je me bats pour les mêmes droits des deux côtés de la balance. Parce que les droits de l'homme ne se partagent pas.

J'ai eu d'âpres discussions avec Maya lorsque j'ai commencé à défendre publiquement les positions des victimes. Ma fille aînée est une formidable juriste. Seule sa volonté de ne pas mener une vie aussi chaotique que la mienne l'empêche de devenir la plus brillante des avocates. Mais au-delà des rivalités inévitables entre mère et fille, je prête toujours une grande attention à ses remarques ou à ses critiques. Maya craint que la passion de l'avocate des victimes ne me conduise à des positions de plus en plus répressives, en bousculant les grands équilibres du droit. Elle me force ainsi à m'interroger en permanence. Ai-je le secret désir de mettre tous les hommes politiques en prison ? Rêverai-je d'une société où les citoyens menacent en permanence les élus, les responsables publics, les condamnant à l'immobilisme ? Mon sentimentalisme m'entraîne-t-il vers une sorte de dictature de la compassion ?

Honnêtement, je n'en crois rien. Je ne sais pas si j'ai réussi à rassurer ma fille mais je voudrais l'expliquer à tous les responsables politiques comme aux magistrats : épouser aujourd'hui la cause des victimes ne peut que contribuer à améliorer le fonctionnement de notre justice et d'une République, un peu trop murée dans ses certitudes. On voudrait nous faire croire à l'existence d'une démocratie idéale, attaquée et corrompue par des ennemis extérieurs. On voudrait nous persuader qu'en France, le débat politique est riche et ouvert, le fonctionnement du pouvoir transparent, les commissions d'enquête parlementaires nombreuses et redoutées, la justice indépendante et efficace. Si ce conte de fées était vrai, les victimes n'auraient qu'à se taire et attendre patiemment que les institutions volent à leur secours. Dans l'état actuel de notre démocratie, elles pourraient attendre longtemps. Qui a révélé le scandale du sang contaminé ? Les parlementaires se sont-ils spontanément émus de voir les transfusés fauchés par l'épidémie ? La justice a-t-elle ouvert une enquête sur les conditions dans lesquelles les centres de transfusion collectaient le sang ? Non. Il a fallu attendre l'enquête de quelques courageux journalistes et les plaintes des associations d'hémophiles pour que la vérité éclate. Comme il a fallu attendre trente ans pour qu'un président de la République s'émeuve enfin de l'hécatombe sur les routes françaises. Trente ans pendant lesquels quelques associations ont dénoncé sans relâche cette honteuse exception nationale.

Si les victimes, comme les médias, jouent les empêcheurs de gouverner en rond, c'est que nos institutions dérapent, qu'une technocratie élitiste s'arroge tous les pouvoirs, que les parlementaires manquent à leur mission de contrôle, que les magistrats sont serviles ou indifférents, que la langue de bois remplace le débat, que la démocratie française est souvent plus proche d'une république bananière que du modèle de contre-pouvoirs décrit par Tocqueville. Les victimes – celles qui émeuvent l'opinion, mobilisent les médias – sont d'abord les victimes de l'indifférence ou de l'impuissance politique. Si les parents de Julie et Mélissa ont réussi à faire descendre toute la Belgique dans la rue, ce n'est pas parce que leurs enfants ont été abusées et tuées par un pervers, mais parce que la justice et la police belges ont failli à leur mission. Si les parents de Robin, Maxime, Audrey, Thibaut, Renaud et tant d'autres ont le droit de mettre en accusation les politiques, c'est que jusqu'à la mort de leurs enfants, aucun gouvernement ne s'était attaqué sérieusement à la délinquance routière, malgré l'évidence des bilans macabres, malgré les recommandations des experts, malgré les protestations des associations.

Alors, oui, je persiste et je signe. En dépit des grimaces des bonnes âmes, de l'irritation des politiques, de la désapprobation de certains magistrats. Je suis l'avocate des victimes. Je reste aux côtés de ces citoyens aux prises avec les ratés de notre société. En leur nom je continuerai à saisir la justice, à hanter les médias. En leur nom, je continuerai à provoquer le scandale, à menacer les sourds, les aveugles et les indifférents.

Les marchands de vie

Depuis deux ans, je n'ai jamais éprouvé le sentiment d'une quelconque victoire, d'un quelconque répit. Sans doute parce que, malgré les vies sauvées, la route tue, mutile toujours et que mon quotidien n'a pas changé, au milieu des drames, aux prises avec mes questions, mes tensions. Il me semble parfois que je n'ai jamais quitté le centre de rééducation de Menucourt, tant ils se ressemblent tous. Dès l'entrée, il faut éteindre mon petit cigare, débrancher mon portable. C'est l'usage en ces lieux. Une ribambelle de panneaux – on ne voit qu'eux dans le vaste hall – le rappellent et le cerbère de l'accueil me surveille. Je choisis de rester quelques instants encore sur le parking où les drogués du tabac, blouses blanches et patients confondus, assouvissent comme moi furtivement leur vice. Puis j'obtempère. A chaque fois, ce rituel de passage me laisse démunie et vaguement inquiète. C'est comme si on me demandait d'abandonner ma tenue de travail, mon identité extérieure pour rejoindre à nouveau la cohorte docile des hospitalisés.

Après, il faut suivre les instructions, longer les tables dépareillées couvertes de vieux magazines, le kiosque à journaux obstinément fermé, les panneaux d'affichage syndicaux, les posters défraîchis de voiliers défiant librement l'écume, tourner à droite, franchir les portes coupe-feu, ignorer les grands monte-charges destinés aux chariots des grabataires, se laisser guider par les bandes de couleurs, les numéros, les noms d'oiseaux ou tout autre signe de piste choisi par l'architecte pour pimenter son labyrinthe. Ici, on a troué la monotonie des couloirs par un vaste patio sous une verrière. L'effet est des plus réussis : s'agglutinent tout autour des hommes et des femmes en fauteuil roulant, comme dans l'attente d'une improbable célébration. Au troisième étage pourtant, ce sanctuaire de lumière est en partie voilé par des filets assez grossiers, semblables à ceux installés au pied de la tour Eiffel pour dissuader les tentatives de suicide. Les architectes ne pensent pas à tout.

305, 304, 303. C'est là. J'entrouve la porte et la referme aussitôt. C'est l'heure de la toilette, de l'intimité déjà suffisamment malmenée pour ne pas y ajouter une présence étrangère. Je patiente près du puits de lumière, jauge la taille de la rambarde, la hauteur de la chute. Après tout, il ne s'agit peut-être que de prévenir des accidents. Sur son fauteuil électrique, non loin de moi, un homme s'étouffe dans ses glaires. Le personnel soignant n'y prête guère d'attention. Il ne faut pas intervenir, il doit apprendre à s'en sortir. Je connais la consigne. Je connais toutes les consignes de ces endroits. A chaque fois que j'y remets les pieds, je me sens aspirée par le passé comme si les huit années écoulées n'étaient qu'un songe, comme s'il m'était impossible d'échapper à ces lieux. J'ai envie de fuir, d'écourter la visite, de m'enfermer aux toilettes pour le secours d'un cigare. Je sais maîtriser ce début de panique. J'ai l'habitude.

Les blouses blanches sortent. La toilette est finie, je pousse la porte. Elle est là, ma petite tétra, dans son lit, un grand drap blanc recouvrant un corps fluet, devenu fardeau. On a relevé le haut du lit électrique, calé son visage défait avec des oreillers. Elle est débarrassée des perfusions, des sondes, de tout l'appareillage qui m'empêchait de la voir la dernière fois. Mon dieu, qu'elle est jolie ! Je l'appellerai, ici, Julie. Ça va bien avec ses vingt ans, sa frange brune et ses yeux vifs. Etudiante de lettres, une envie d'enseigner qui dessinait son avenir, un petit ami au volant, un samedi soir, la vitesse inutile pour s'amuser, pour épater, le virage manqué et l'arbre. Lui n'a rien eu. Elle ne pourra plus jamais marcher, ni bouger les bras. Peut-être, avec de la patience, caler un objet entre le pouce et l'index, commander du doigt quelques appareils. Il y a un mois, on n'en était même pas là ; on a failli la perdre : de gros soucis respiratoires, une infection qu'on ne maîtrisait pas, des cordes vocales qui ne répondaient plus.

La maman m'explique tout cela avec la ferveur touchante d'une adepte fraîchement convertie aux miracles de la médecine, les yeux rivés sur sa gamine, partagée entre la joie de la savoir tirée d'affaire et la peine immense qu'elle voudrait cacher. Le père, lui, ne sait pas dissimuler. Il demeure prostré, les yeux pleins de larmes, les poings serrés par la colère. J'imagine ce que pense cet homme si fier de sa fille jolie, lumineuse, brillante. Et le petit ami ? Où est-il passé ? Coup d'œil implorant de

Julie à sa mère, regard noir du père. Le garçon est passé la voir plusieurs fois. Julie ne veut pas qu'on l'inquiète. Elle sait très bien qu'il est responsable de tout cela mais elle ne supportera pas qu'on l'envoie en prison.

Rassure-toi Julie, je passe peut-être pour la terreur des chauffards, mais je ne ferai rien que tu n'aies voulu. Au reste, je ne peux pas grand-chose. C'est le procureur de la République qui décidera ou non de poursuivre cet abruti auquel tu te raccroches encore comme à tout ce qui te reste de ta vie d'avant. Je te comprends parfaitement même si je n'en dirai rien. Je ne suis pas là pour t'approuver ou te juger mais pour t'aider à construire un après. Je voudrais que ton père sèche ses larmes et songe à te construire la maison indispensable pour que tu sortes au plus vite d'ici. Je voudrais que ta mère cesse de t'entourer jour et nuit, à la limite de ses forces, qu'elle soigne la dépression qui couve sous le dévouement maternel, qu'elle se prépare à passer le relais à des gens capables de t'aider sans trop d'angoisses.

Je détaille patiemment les étapes de l'indemnisation. J'insiste sur la nécessité d'anticiper dès maintenant sur un processus qui va prendre une ou deux années pour ne pas se trouver coincé par un manque de financement, par des délais trop courts. Même si Julie n'est pas prête à entendre tout ça, il faut dégager son avenir. Les parents m'écoutent sans rien dire. Je ne suis pas sûre qu'ils me comprennent. Ils jettent des regards gênés vers leur fille qui, elle, semble se fermer chaque minute davantage. Je m'inquiète : « Que se passe-t-il ? Vous ne me faites pas confiance ? On vous a dit du mal de moi ? »

J'ai déjà eu, dans des centres de rééducation, des problèmes avec des médecins qui s'occupaient beaucoup de l'avenir juridique de leurs patients. Ainsi, près du Mans, un médecin chef s'est indigné que, six mois après l'accident, les travaux nécessaires au retour à domicile d'un tétraplégique ne soient pas achevés. Le praticien avertissait mon client que son séjour au centre risquait de prendre fin et lui conseillait de prendre un avocat local. Une autre fois en Bretagne, toute l'équipe soignante a brutalement changé d'attitude vis-à-vis d'un gamin paralysé : plus de visites du médecin, plus de bilans d'autonomie et même pas de dossier pour l'expert désigné par le tribunal. La famille de l'enfant avait commis le crime de remercier l'avocat recommandé par l'institution pour m'engager à sa place. J'ai vérifié, à ces occasions, que gravite autour des victimes les plus gravement atteintes tout un réseau d'influences et de pressions d'autant plus actif que les montants de l'indemnisation sont importants. Je ne sais pas si ces médecins tirent un profit personnel de leurs « conseils » ou si leur insistance tient au fait que leurs employeurs, financiers de nombre de centres, sont des mutuelles, par ailleurs assureurs d'automobilistes.

La mère de Julie secoue la tête : « Nous n'avons aucun problème avec vous. Le problème, c'est Julie. Elle s'énerve dès qu'on lui parle. Depuis quelques jours, elle est terriblement agressive. Comme si elle nous rendait, son père et moi, responsables de ce qui arrive. »

Ma petite tétra détourne la tête. J'essaie d'expliquer que cette réaction est compréhensible. A vingt ans, on aspire à l'indépendance. Etudiante, on commence à en éprouver les premiers plaisirs. Se retrouver soudain entièrement dépendante de ses parents pour le moindre geste doit être un choc terrible. Imaginer qu'il en sera toujours ainsi est nécessairement insupportable. Et la rage de se sentir enfermée, prisonnière, retombe sur ceux dont on se sent tributaire.

Je demande aux parents de sortir un moment, de me laisser seule avec Julie. Assise sur son lit, je lui redis combien je la trouve belle. Elle ébauche un sourire. Alors je me lance sans trop savoir comment l'aider. Je lui dis que sa vie n'est pas finie, qu'elle va continuer d'une autre façon, que son désir d'enseigner peut trouver d'autres voies. Je lui parle de ce qu'on peut faire aujourd'hui avec un ordinateur à commande vocale, avec Internet. Je lui parle d'Anne Lesage qui a réalisé le site de la Fondation Anne Cellier et continuait de l'animer clouée sur son fauteuil. Je la mettrai en relation avec ceux de mes clients qui sont passés par les mêmes épreuves, qui vivent chez eux, aidés comme ils le souhaitent. Julie éclate en sanglots : « J'en ai assez. Je n'en peux plus. Aidez-moi, s'il vous plaît ! »

Je reste désemparée, incapable d'articuler une phrase qui ne soit pas dérisoire face à cette souffrance. Elle répète sa supplique mais ses pleurs hachent les mots. Elle a du mal à respirer. Elle fait une sorte de crise de panique que je suis impuissante à arrêter. J'appelle ses parents. On sonne l'infirmière qui vient donner un calmant.

Je pars en promettant de téléphoner le soir aux parents pour prendre des nouvelles de Julie. Le père me raccompagne dans le hall d'accueil et commence à s'excuser : « On n'aurait pas dû parler de tout cela devant elle… » Il s'arrête brusquement en apercevant les larmes qui coulent sur mes joues.

Depuis, le cri de Julie me hante. Je ne cesse de l'entendre sans être sûre de le comprendre. Je sais que Julie traverse ce moment terrible où on prend soudain conscience de son infirmité, où on doit faire le deuil de sa vie d'avant. Je sais qu'elle souffre de se sentir dépendante de ses parents, étouffe dans leur sollicitude angoissée et culpabilise en même temps de ne plus pouvoir les supporter. Je sais, par expérience, que mon travail d'avocate va l'aider en lui donnant les moyens d'acquérir une relative autonomie, d'imaginer une nouvelle vie.

Ces sages considérations ne suffisent pas pourtant à m'apaiser. La crise de désespoir de Julie réveille les questions lancinantes que soulèvent en moi ces jeunes vies saccagées, mutilées par la faute d'un inconscient. La vie qui leur est désormais dévolue vaut-elle la peine d'être vécue ? Ne sommes-nous pas dérisoires quand nous prétendons compenser ce qu'ils viennent de perdre ? Certes, je pourrais leur dire que la recherche médicale fait aujourd'hui des progrès stupéfiants. Les greffes de cellules souches régénéreront un jour les moelles épinières sectionnées par un accident. Dans dix, vingt ou trente ans, tétraplégiques ou paraplégiques auront peut-être la chance de retrouver l'usage de leurs membres. Mais de quel droit faire miroiter des espoirs que les médecins eux-mêmes se refusent à évoquer ?

Alors que reste-t-il dans ma besace d'avocate de victimes ? Vous ne pouvez plus marcher ? On vous offrira un fauteuil roulant électrique, une voiture équipée de commandes au volant. Vous ne pouvez plus tenir un volant, ni le moindre objet ? Vous ne pouvez plus vous habiller, vous laver, vous nourrir sans aide ? Quelqu'un viendra vous assister chaque jour ; votre maison sera équipée des systèmes capables d'ouvrir les portes, de fermer les volets, de contrôler, de surveiller, de communiquer. Vous ne pourrez plus travailler ? On vous donnera l'argent qui, bien placé, peut vous mettre à l'abri du besoin. Vous ne pourrez plus courir sur une plage, faire l'amour, avoir des enfants ? Ce sera encore de l'argent pour vous consoler, trouver d'autres joies, d'autres plaisirs.

Rien dans tout cela ne vous rendra vos jambes, vos bras, le sourire d'un enfant, la vie dont vous rêviez. Vous avez peut-être envie de me jeter cet argent, ces promesses au visage. Vous préférez peut-être la mort à cette vie de prothèses, d'appareillages et de placements. Et je n'ai pas de réponse à cela. Mon pouvoir se borne à l'argent. Et encore vous sera-t-il chichement compté. Nous ne sommes pas aux Etats-Unis où des jurys populaires chiffrent les indemnités à coups de millions de dollars. En France, la plupart des tribunaux se montrent très économes avec l'argent des assureurs, raisonnent sur des barèmes vieillots, des réalités économiques totalement dépassées. Souvent parce que les compagnies d'assurance, surpuissantes, imposent leur loi. Parfois parce que les magistrats ignorent totalement le vrai coût d'une vie en fauteuil roulant. Je vois arriver dans mon bureau des grands handicapés auxquels on a royalement octroyé à l'âge de vingt ans 300 000 euros pour survivre, qui sont lentement descendus dans l'enfer de l'indignité et même plus rapidement quand la même compagnie d'assurance leur a, de surcroît, vendu des placements désastreux.

Encore un combat loin d'être gagné, moins glorieux, moins médiatique que les procès contre les chauffards ou les responsables politiques. Un combat qu'il faut mener, sou après sou, devant chaque tribunal, face à chaque inspecteur d'assurance. Un combat qu'un avocat ne peut espérer gagner qu'en se spécialisant à outrance, en représentant toujours plus de clients, pour faire masse face à la puissance de l'assureur, établir un rapport de force, obtenir des décisions exemplaires en nombre suffisant pour changer la jurisprudence. Journées passées dans des montagnes de factures, de justificatifs, calculette à la main, face à des petits soldats qu'on a dressés à contester l'incontestable.

« J'offre 100 000 euros.

– Vous plaisantez. Ce type ne pourra plus jamais travailler. Comment voulez-vous qu'il survive ?

– L'expert dit seulement que certaines professions lui sont désormais interdites. Il peut donc se recycler.

– Vous avez lu le rapport ? On lui interdit toute station debout comme toute position assise prolongée. Mon client était pâtissier. Que peut-il faire à trente-neuf ans ? Apprendre la flûte à bec ou devenir astrophysicien pour vous faire plaisir ? Devant un tribunal, je demanderais au moins 300 000 euros.

– Oui, maître, mais vous plaideriez pendant deux ans sans être sûre de les obtenir. Les magistrats sont imprévisibles, surtout s'ils n'ont pas l'habitude de ce genre de dossier. Et votre client est pressé.

– Je prends le risque et vous, vous prenez celui que je refuse désormais toutes vos propositions pour aller systématiquement devant un tribunal. Alors mettons-nous d'accord sur 220 000. »

Journées de marchand de tapis où il m'arrive de perdre patience, d'expulser de mon bureau des assureurs aux propositions scandaleuses, aux arguments particulièrement crapuleux. Ceux qui essaient de me faire croire qu'un enfant de trois ans souffre moins de la disparition de sa mère que son frère de cinq ans parce qu'il l'a connue moins longtemps. Ceux qui ne veulent pas rembourser les frais de monument funéraire parce qu'ils ne sont pas responsables des croyances religieuses des victimes ! Ceux qui ne veulent pas prendre en charge les papiers peints de l'appartement quand la victime a été obligée de casser toute les portes pour faire passer son fauteuil roulant. Il y a des jours où l'indécence de ce souk me prend à la gorge, où je propose à l'assureur de continuer la discussion devant mon client grabataire. Bref, je passe pour une vraie teigne. Ce qui me permet d'obtenir parfois ce que je veux sur un simple coup de téléphone mais qui comporte d'inévitables désagréments. Certains assureurs ont mis sur pied de véritables stratégies de dissuasion pour empêcher les victimes de choisir mon cabinet. Tous les arguments sont bons. Même les plus absurdes. On leur raconte que leur indemnisation sera beaucoup plus longue, que les magistrats me détestent, qu'ils seront obligés de rembourser les sommes accordées à titre de provisions. Ou que mes honoraires grèveront lourdement les sommes obtenues. Les mensonges sont à la hauteur des enjeux. En règle générale, plus le handicap de la personne est sérieux, plus la mauvaise foi de l'assureur est galopante.

Ces marchandages occupent une grande partie de mon temps. Je n'y ai pas toujours été aussi à l'aise. Au début de mon activité, ces séances de négociation me paralysaient. Non que j'aie un problème particulier avec l'argent. Dès mon plus jeune âge, j'en ai mesuré toute l'importance : mes parents, dont la fortune fut chaotique, en usaient abondamment à chaque confrontation familiale. Avec une délectation et une démesure toutes marseillaises, ils se jetaient à la figure le château disparu de la grand-mère, l'héritage dilapidé du grand-père, les investissements hasardeux de l'un, les pertes de jeu de l'autre. Des sommes astronomiques et probablement mythiques passaient au-dessus de ma jeune tête attentive. Bref, j'ai baigné dedans, au moins en paroles et n'ai aucune peine, à mon tour, à jongler avec les millions, verbalement s'entend.

Pourtant, lorsque j'ai commencé à m'occuper des victimes d'accidents, l'argent de l'indemnisation m'a déconcertée. Pas l'argent qui compense un préjudice matériel, des frais médicaux, la perte d'un travail ou la nécessité d'une aide ménagère, celui qui sert directement à survivre. Non, ce qui me gênait, c'étaient ces sommes forfaitaires allouées sans explications pour réparer des troubles plus subjectifs : 10 000 euros pour six mois d'hôpital, deux anesthésies et quatre mois de fauteuil roulant, 5 000 pour quelques vilaines cicatrices sur les jambes – un peu plus si vous avez vingt ans, trois fois moins si vous en affichez cinquante –, 15 000 si la jambe a dû être remplacée par une prothèse, 20 000 pour l'impossibilité d'avoir des enfants. Et pourquoi pas deux fois ou dix fois plus ? Qui a inventé ce barème, d'ailleurs différent d'un tribunal à l'autre, ce qui fait que les mêmes séquelles valent deux fois moins à Lyon ou à Versailles qu'à Paris ou à Toulouse ? Quels imbéciles ont osé tarifé la souffrance sans tenir compte de la manière dont elle est réellement vécue par chacun ?

L'ignoble s'ajoute à l'absurde quand on touche aux préjudices dit « moraux » : 8 000 euros pour la mort d'un frère ou d'une sœur, 12 000 pour celle d'un père, 15 000 pour un mari, 20 000 pour un enfant mais seulement 4 000 si c'est votre petit-enfant. Qui peut justifier cette arithmétique-là, calculer sans rougir un « prix de la souffrance » quand on parle de cette souffrance-là ? Face à la mort brutale de ce qui est le plus cher, l'argent me semblait odieux, la transaction obscène. Imagine-t-on une maman exiger 2 000 euros supplémentaires et commencer à marchander juste après avoir enterré son enfant ? Comment pouvais-je négocier avec un assureur quand toute offre me paraissait dérisoire, toute demande incompréhensible ?

Mais voilà : la justice humaine, en France comme ailleurs, n'a que cela à offrir. De l'argent pour combler le vide, l'absence, les rêves massacrés, l'existence détruite, la vie mutilée. De l'argent pour réparer l'irréparable. De l'argent qui ne répond à aucune logique, qui ne supporte aucun calcul, aucune échelle de valeur. De l'argent parce que c'est le seul symbole universel de nos sociétés marchandes. Ce sont mes clients qui m'ont fait comprendre peu à peu le sens que l'on pouvait donner à cette absurdité. Un sens qu'il revient à chacun de forger. Certains m'ont demandé de verser les sommes sur le compte d'une association humanitaire ou pour la prévention des accidents de la route. D'autres ont créé leur propre association pour venir en aide à d'autres victimes ou parrainé une compétition sportive, un prix à la mémoire de celui qui a disparu. Certains ont voulu simplement le plus beau monument du cimetière. D'autres encore ont effectué un placement qui reviendra aux enfants survivants comme une sorte d'héritage du frère disparu. Chacun à sa manière a changé l'argent du malheur en un symbole de vie, de combat ou de mémoire.

Qu'importe d'ailleurs les choix, leur diversité. C'est la constance de la démarche qui m'a touchée, qui m'a enseigné le respect de cet argent si difficile à accepter. C'est cette leçon qui me guide chaque fois que je me retrouve face à un assureur ou à un tribunal. Chaque fois aussi que je perds pied, que je doute de mon métier ou de mon combat. Je repense alors à toutes ces choses minuscules et poignantes qu'ont rendues possibles des indemnités âprement négociées. Grâce à ces métamorphoses, je ne suis pas seulement l'avocate de la souffrance et de la mort. Je peux m'imaginer comme un maillon de cette frêle alchimie de la vie.

Hugo me ramène à Eva

Un sort ironique a fait de moi une spécialiste de la réparation, moi dont la vie a éclaté en morceaux que je n'arriverai jamais à recoller. Et la même ironie me fait passer mes journées à obtenir pour d'autres ce que je n'ai pas pu faire pour ma propre fille. Eva restera ma fêlure. Elle a aujourd'hui vingt-quatre ans, termine ses études de droit, veut devenir avocate et se spécialiser dans le droit de la santé. Je devrais être folle de joie, fière d'elle, comprendre qu'elle va renouer le fil de notre histoire là où j'ai dû l'abandonner. Mais je ne comprends rien. Je suis aveugle et sourde. Je ne sens que ma peur. Peur que la charge soit trop lourde pour elle, que ses béquilles ne la portent pas jusqu'aux salles d'audience, que les juges ne comprennent pas son débit trop rapide, ses mots avalés, que les clients refusent son handicap, qu'elle s'effondre au moindre cri. Cela n'a pas de sens, je le sais. Elle est intelligente, volontaire, têtue, teigne comme moi ; elle a prouvé maintes fois qu'elle savait se défendre. Mais moi je ne vois que le petit corps tordu, les gestes approximatifs, les chutes imprévisibles, la porte trop lourde pour elle, le videur de discothèque qui lui refuse l'entrée, les petits copains qui ne se bousculent guère.

On devrait se parler de tout cela. On ne le peut pas. Cela finit toujours par des cris, des pleurs, des fuites. Nous sommes à vif, l'une face à l'autre. C'est ma faute. Je suis restée coincée vingt ans en arrière, prisonnière de mes rêves brisés et de mes remords. L'accidentée de la route est devenue l'avocate militante de la sécurité routière ; la maman d'Eva est restée la maman d'Eva. Les drames des autres n'ont rien changé au mien. Les occasions pourtant n'ont pas manqué. Je n'ai pas recherché les affaires d'erreurs médicales. Je ne les ai pas refusées non plus. Et comme par fatalité, on venait souvent me trouver pour des accouchements qui avaient mal tourné. J'écoutais ces parents désemparés, je vivais chacune de leurs questions, mais leur dossier me tombaient des mains. J'étais tout simplement incapable de lire les dossiers médicaux, les expertises. Mes associés, mes collaborateurs devaient prendre le relais.

Un jour, il y a huit ans de cela, j'ai vu entrer dans mon cabinet un gamin de six ans, trop grand pour sa poussette mais incapable de s'en passer. Il s'est levé, soutenu par ses parents, pour esquisser quelques pas dans mon bureau. Un difficile ballet de gestes hésitants, de membres qui semblaient échapper à tout contrôle. A la fin de la démonstration, un sourire triomphant et retour à la poussette d'où il m'a regardée, les yeux pleins de malice derrière de grosses lunettes. Je n'ai pas eu besoin d'explications. Une petite âme vive, prisonnière d'un corps qui se dérobe à toute volonté, qui se refuse à toute discipline, je connais cela par cœur. J'ai tout de suite su qu'Hugo était infirme moteur cérébral. Ce n'était pas un chauffard qui l'avait mis dans cet état. Il était né comme ça. A la clinique, on a expliqué aux parents que l'accouchement s'était bien passé, qu'aucun incident ne pouvait expliquer l'état de leur fils. Le pédiatre de garde n'avait rien décelé d'anormal dans les premiers jours, ni même pendant les visites des premiers mois. Un tel handicap ne pouvait résulter que d'une anomalie durant la grossesse. Une anomalie qu'aucun des examens régulièrement pratiqués pendant les neuf mois n'avait décelée. Bref, le mystère.

Les parents d'Hugo ont eu du mal à accepter la théorie du mystère d'autant que leurs souvenirs cadraient mal avec la sérénité affichée par le corps médical. La maman m'a raconté qu'à 2 heures du matin, cette nuit-là, elle a éprouvé de très violentes douleurs. Comme plusieurs coups de poignard, puis plus rien. Ce n'était pas sa première grossesse et elle n'avait jamais rien ressenti de semblable. Une sage-femme, jointe par téléphone, lui a répondu de ne pas s'affoler et de venir vers 8 heures quand les contractions seraient régulières et rapprochées. Pas rassurée, la mère d'Hugo a appelé un taxi. A la clinique, c'était l'affluence. On l'a mise sur un lit sans même l'examiner. Les douleurs ont recommencé. Personne n'a répondu à ses appels. Ce n'est que vers 8 heures que le père d'Hugo a réussi à intercepter la sage-femme.

Toujours aussi débordée, la praticienne affirme alors que la dilatation est à peine entamée, enclenche la surveillance du cœur de l'enfant par monitoring et repart vers d'autres salles de travail. Toute la matinée, c'est une longue attente, à peine entrecoupée de deux passages en coup de vent de la sage-femme. Vers midi, l'obstétricien décrète que si le travail n'avance pas, il fera une césarienne à 19 heures. A 14 heures, la sage-femme consulte l'enregistrement du monitoring, marmonne quelque chose d'incompréhensible et vient repositionner les capteurs sur la mère d'Hugo. Personne ne se soucie vraiment des douleurs ressenties par la jeune femme. Et quand elles recommencent à 17 heures, son époux a le plus grand mal à retrouver le personnel soignant. Cette fois, pourtant, après un coup d'œil au monitoring, c'est l'affolement. On appelle l'obstétricien et on transporte la patiente vers le bloc opératoire pour une césarienne. Hugo naît trente minutes plus tard.

J'étais sûre qu'on cachait quelque chose aux parents d'Hugo, sûre que personne n'avait pris au sérieux le récit de la mère, ses douleurs, sûre que, faute de personnel, on n'avait pas correctement surveillé la patiente en salle de travail, que le médecin avait fixé l'heure de la césarienne potentielle en fonction de ses disponibilités. Sûre que l'on pourrait découvrir sur l'enregistrement du monitoring les raisons du soudain affolement de la clinique et de l'intervention en urgence. Et pourtant, j'avais peur d'accepter cette affaire, tant Hugo me ramenait à Eva, mes certitudes d'aujourd'hui à mes incertitudes d'hier. Je me suis dit qu'en quinze ans, l'attitude des tribunaux avait beaucoup évolué et qu'il existait une chance pour ces gens d'obtenir réparation et, pour moi, de prendre une revanche sur une partie de ma vie. Deux années de procédure après, le jugement est tombé. Les magistrats ont rejeté toutes nos demandes, refusé toutes les indemnisations qui auraient permis à l'enfant de vivre décemment malgré son lourd handicap. Ils ont estimé que personne n'était responsable de l'état d'Hugo à la naissance. Ni le gynécologue, ni la sage-femme, ni le pédiatre, ni la clinique. Quelle est l'origine de l'infirmité motrice cérébrale ? Pourquoi le cerveau d'Hugo n'a-t-il pas été correctement irrigué au moment de l'accouchement ? Le jugement ne donne aucune réponse. Allez voir du côté de la divine providence, des mystères de la vie ou de l'« aléa thérapeutique » comme on dit maintenant.

Je redoutais un peu ce désastre depuis le calamiteux rapport des experts : deux médecins, un obstétricien et un pédiatre, désignés par le tribunal pour examiner le travail de leurs confrères. Ils ne se sont pas foulés ces deux-là. La clinique leur a fourni un dossier médical lacunaire. Ils ont fait avec, sans exiger davantage, et ont comblé les trous avec leur imagination. Le résultat est un monument dédié à la confraternité médicale. D'autres diraient : au corporatisme triomphant. La maman d'Hugo a téléphoné à la clinique vers 2 heures du matin pour se plaindre de violentes douleurs ? Peut-être mais la clinique ne s'en souvient pas et la facture téléphonique détaillée mentionnant l'appel ne constitue pas une preuve. D'ailleurs, on ne peut pas savoir si ces douleurs ont existé, s'il s'agissait de simples contractions violentes ou le symptôme d'autre chose. La mère de l'enfant est restée sans surveillance à la clinique une grande partie de la nuit ? C'est une faute certaine mais elle n'a pas de liens avec l'état de l'enfant. Sans enregistrement du rythme cardiaque à ce moment-là, impossible de dire si le fœtus a souffert durant ces longues heures. D'ailleurs, à 8 heures du matin, tout était normal. Il y a une interruption de plus deux heures sur le tracé du monitoring ? C'est vrai : la jeune femme a certainement débranché les capteurs en bougeant et personne ne s'en est aperçu. Mais là encore, rien ne prouve, faute de capteurs, que pendant ces deux heures-là le fœtus a souffert. La maman d'Hugo affirme que personne ne s'est soucié de ses douleurs malgré ses plaintes ? Peut-être mais personne à la clinique ne s'en souvient. A 17 heures, le tracé de l'enregistrement montre une grave détresse du fœtus pendant quinze minutes. Exact, mais les médecins ont décidé la césarienne dès qu'ils s'en sont aperçus et la durée de cette souffrance fœtale est trop courte pour expliquer l'ampleur des lésions cérébrales de l'enfant.

En clair, pendant qu'on surveillait l'accouchement, il ne s'est rien passé qui puisse justifier le handicap de l'enfant. Pendant qu'on ne surveillait pas, personne ne peut dire ce qui s'est passé. Et le rapport continue sans se départir de cette logique autiste. Le pédiatre n'a pas vu après la naissance le handicap de l'enfant ? D'accord, il y a insuffisance du diagnostic, mais le mal était déjà fait. En conclusion : le personnel était insuffisant et débordé, la surveillance imparfaite, la césarienne un peu tardive, le diagnostic erroné, mais tout cela, madame, n'explique pas pourquoi votre fils est handicapé.

Devant le tribunal, j'ai montré toute la mauvaise foi du rapport. J'ai communiqué aux juges des études scientifiques démontrant qu'une souffrance fœtale de quinze minutes était suffisante pour provoquer des lésions cérébrales irréversibles. Et j'ai terminé ma plaidoirie par ces mots : « On nous dit qu'Hugo n'a pas souffert dans le ventre de sa mère parce que cette souffrance n'a pas été enregistrée. Et en même temps on admet que le système d'enregistrement a été posé tardivement et a mal marché. Quel étrange raisonnement scientifique ! Suffit-il que le thermomètre soit cassé pour que la fièvre n'existe pas ? Quelle prime à l'imprudence ou à la malveillance ! Suffira-t-il désormais de ne pas poser de monitoring ou d'égarer ses relevés pour échapper à toute responsabilité ? Le tribunal doit se montrer plus cohérent, plus rigoureux que les experts. Vous savez que le handicap d'Hugo est lié à sa souffrance fœtale. Vous savez que cette souffrance a eu lieu pendant l'accouchement. Vous savez que cet accouchement a été mal surveillé. C'est suffisant pour condamner clinique et médecin à indemniser le handicap de cet enfant. » Le magistrat a préféré recopier le rapport des experts sans se poser davantage de questions.

Je ne suis pas surprise par l'attitude du juge. La plupart d'entre eux baissent les bras devant la relative complexité des techniques médicales et entérinent les rapports d'experts sans sourciller. Ainsi le jugement est plus facile à rédiger. Tous les dix ou quinze ans, il se trouve un magistrat brillant, audacieux qui ne s'embarrasse pas du galimatias des experts, juge avec bon sens et équité, impose une solution nouvelle. Grâce à ceux-là, le droit progresse. Avec tous les autres, il bégaie.

Je ne suis pas étonnée par les contorsions des experts. Ils restent des médecins avant d'être des acteurs de la justice. Je sais que, trop souvent, ils tiennent plus à la considération de leurs confrères qu'à l'idéal d'intégrité. Nombre d'entre eux travaillent pour des assureurs, des hôpitaux, des cliniques, des laboratoires sans que jamais les magistrats ne vérifient si ces petits à-côtés sont encore compatibles avec la mission d'impartialité qui leur est confiée. Non, plus que les juges ou les experts, ce sont les médecins, les sages-femmes, les soignants qui me désolent. Ceux qui ont raté l'accouchement d'Hugo et qui ne veulent pas le reconnaître. Ils savent bien, eux, que ce jour-là la clinique était débordée, le personnel insuffisant, que la seule sage-femme de garde ne pouvait pas être partout à la fois, que l'obstétricien aurait dû rester au lieu de repartir pour ses consultations de 14 heures à 19 heures. Ils savent bien que la maman d'Hugo n'a pas été écoutée, prise au sérieux quand elle s'est plainte, qu'elle a été laissée sans surveillance pendant des heures. Ils ont bien vu, eux, le cordon serré autour du cou de l'enfant après la césarienne. Ils ont compris que les premiers tests n'étaient pas bons, que le développement des premiers mois n'était pas normal.

Pourquoi, alors, avoir caché la réalité aux parents ? Pourquoi refuser d'admettre l'erreur devant le juge ? Que risquaient-ils ? Ni la prison, ni une amende, ni une plainte au conseil de l'ordre. Juste une grimace de leur assureur. En face, il y a le sort d'un enfant, ses moyens pour survivre. Et pourtant, dans tous les dossiers que j'ai eus entre les mains, l'hôpital, la clinique, le praticien choisissent la dénégation. Comme si reconnaître une erreur était, pour eux, une injure à l'honneur, le pire des affronts. J'entends régulièrement sur les ondes d'éminents praticiens se lamenter sur l'agressivité nouvelle des patients et de leurs avocats, la multiplication des contentieux, le risque de se voir traîner à tout moment devant un tribunal, l'impossibilité d'exercer sereinement cette profession. J'affirme, moi, que le corps médical est, par son attitude, le premier responsable de cet état de chose. L'aveu d'une erreur, face à face, dès le début éviterait les trois quarts des procédures. Les patients qui viennent dans mon bureau mettre en cause leurs médecins ont tous longtemps hésité avant de s'y résoudre. Les parents d'Hugo ont attendu six ans. On n'attaque pas de gaieté de cœur quelqu'un qui a fait profession de soulager les souffrances, de venir en aide. Quand je leur demande ce qui les a décidés à entamer une procédure, ils me parlent tous de silences, de mensonges, de confiance trahie, du mépris qu'ils ont ressenti de la part de ceux en qui ils avaient confiance. Personne n'exige de la médecine qu'elle soit infaillible. Mais on attend de ses praticiens qu'ils aient au moins le courage de la sincérité.

« Nul ne peut se prévaloir d'un préjudice du seul fait de sa naissance »

Le refus infligé par les magistrats aux parents d'Hugo m'a sonnée. J'avais osé relever le défi, des années après, défendre la parole de la mère face à celle du médecin et j'ai reçu une gifle. J'étais incapable d'obtenir la vérité pour Hugo comme pour Eva. L'avocate était aussi désarmée que la femme. Si j'avais, à l'époque, attaqué le gynécologue de Marseille, il se serait trouvé sans aucun doute les mêmes experts pour affirmer que le médecin n'avait commis aucune faute en me laissant souffrir toute la nuit ou que, même diagnostiqué à temps, le décollement placentaire aurait été fatal à Eva. Il se serait trouvé sans aucun doute des juges pour décider que j'avais tous les torts. Alors mieux vaut ne pas demander à la justice ce qu'elle ne peut pas donner, se résigner à vivre avec ses doutes ou ses certitudes, assumer les culpabilités rampantes. Je me suis battue, je continue à me battre pour les victimes de la route. Pour celles de la médecine, j'ai vite baissé les bras. C'est peut-être là le grand malentendu de ma vie. J'aurais pu lutter pour Eva, ses frères, ses sœurs en souffrance, et sans doute aurais-je trouvé plus de cohérence, d'équilibre, de sérénité. Je ne l'ai pas fait. Quelque chose m'en a empêchée. Peut-être étais-je, inconsciemment, trop partagée entre la colère et le respect. La colère contre ceux qui ont ignoré ma douleur, menti sur l'état de mon enfant. Le respect pour ceux qui m'ont sauvée après mon accident. Il faut de la distance, de la pondération, une certaine tranquillité d'âme pour affronter le monde de la médecine où le sublime côtoie sans cesse le pire. Je n'ai pas ces qualités. Je suis trop entière, trop passionnelle, trop réactive. Romy, ma deuxième fille devenue avocate, y réussit beaucoup mieux que moi. Peut-être Eva suivra-t-elle ses traces ? Il y a tant à faire pour que les patients soient entendus, respectés, informés sans jargon incompréhensible. Tant à faire pour que des conflits d'intérêts, de pouvoirs, d'autorités ne viennent pas pervertir l'égalité de l'accès aux soins et aux chances de guérir. Tant à faire pour que soient justement réparées les fautes, les erreurs.

Certains pensent que la nouvelle loi de mars 2002 a réglé l'essentiel des problèmes. Je ne partage pas cet optimisme. Le bon docteur Kouchner a ouvert un guichet de secours pour toutes les victimes qui n'arriveraient pas à prouver la faute du médecin. C'est la solidarité nationale, et non plus les assureurs, qui les prendra en charge. A condition toutefois que leurs séquelles soient suffisamment importantes. Mais qui décidera de l'importance des séquelles et de leur indemnisation ? Toujours les mêmes experts. Et que deviendront la conscience des médecins, la qualité des soins dans les cliniques et les hôpitaux quand les conséquences de tous les ratés auront été gentiment transférées à la charge du contribuable ?

Non, décidément, je ne peux pas applaudir. Il y a surtout dans cette loi Kouchner un article inaugural qui me reste en travers de la gorge : « Nul ne peut se prévaloir d'un préjudice du seul fait de sa naissance. » C'est ainsi qu'ils l'ont coulée dans le bronze leur vérité. C'est ainsi que députés et sénateurs ont scellé le destin de ceux qui sortent du ventre de leur mère avec un corps incomplet, un chromosome en moins, un cerveau en bouillie, ceux qui sont nés handicapés à vie parce qu'un médecin a bâclé l'échographie, pas regardé les analyses ou omis de dire la vérité aux parents. Que tous ceux-là ne se plaignent plus, qu'ils ne viennent pas reprocher au médecin son erreur, au radiologue son aveuglement puisqu'à ce jeu de dupes, ils ont gagné la vie. Et la vie, don du ciel et de la République, est bonne en soi, même sans la possibilité de marcher, de communiquer ou de travailler. Qu'ils ne viennent pas réclamer devant les tribunaux les moyens de vivre décemment ou de compenser leur handicap. La Nation y pourvoira quand elle aura le temps et selon ses moyens. Pour eux, le principe universel de réparation n'existe pas. Il n'y a pas de préjudice. Ils sont nés comme ça parce que le destin les a faits comme ça. Le mal était déjà là. Les médecins n'y sont pour rien. Ils ont seulement privé les parents du droit de choisir. Et les enfants n'ont pu que profiter de cette absence de choix puisque, grâce à cela, les voilà dans la vie.

Le plus fort dans ce magnifique tour de passe-passe est sans doute de le faire applaudir aujourd'hui par la quasi-totalité des associations censées défendre les handicapés. A gauche comme à droite, on se félicite de la célérité et de la hauteur morale avec lesquelles le gouvernement et le Parlement ont mis fin aux errements de la Cour de cassation. En 1996, la plus haute juridiction du pays a en effet semé la tempête en accueillant la demande de Christian et Josette Perruche pour leur enfant Nicolas. L'histoire est simple. En 1982, le premier enfant du couple présente une éruption de boutons qui fait fortement penser à la rubéole. Le médecin de famille s'inquiète parce que la mère vient de commencer une grossesse. Une recherche d'anticorps est donc prescrite. Le laboratoire se trompe et assure, à tort, que Mme Perruche est immunisée. Cette dernière poursuit donc sereinement sa grossesse et Nicolas naît avec des troubles neurologiques majeurs.

Personne ne peut désirer un enfant pour lui donner une vie de grabataire dépendant, sans possibilité de guérison. C'est pour éviter ce cauchemar que les tests durant la grossesse existent et que Mme Perruche a choisi de les passer. Il n'y a pas de doute : s'ils n'avaient pas été trompés, M. et Mme Perruche auraient choisi l'avortement. Les juges suprêmes en ont tiré les conclusions qui s'imposaient : Nicolas est né avec un lourd handicap ; ce fait est lié à l'erreur du laboratoire ; le laboratoire doit réparer en donnant les moyens à Nicolas, âgé maintenant de quatorze ans, de compenser l'impossibilité de travailler, d'être autonome, de fonder une famille.

Qui pouvait s'indigner de cette décision ? Les assureurs des médecins, pardi ! Les voilà sortant leurs calculettes et s'étranglant d'effroi. Un handicapé, ça coûte très cher. Il faut des millions d'euros pour financer les soins, les aides, l'absence de revenus, une vie durant. Mieux vaut indemniser des centaines de décès sur une table d'opération qu'une seule erreur de laboratoire ou de radiologue. Les assureurs ont donc fait savoir qu'ils n'assureraient plus ce genre d'accidents. Et c'est au tour des médecins de trembler. Tout ce beau monde a alors entamé une formidable campagne d'intoxication. Les juges se sont fourvoyés. Ils n'ont pas indemnisé Nicolas Perruche ; ils ont bafoué l'honneur des handicapés en décrétant que leur vie était un préjudice. Ils ont sous-entendu que ces enfants-là ne sont pas dignes de vivre et n'auraient jamais dû naître. La Cour de cassation, ajoutèrent-ils, a ouvert la boîte de Pandore : bientôt nous verrons des fils se dresser contre leur père, contre leur mère, leur reprochant de les avoir fait naître. Les fondements mêmes de la famille sont menacés et, avec eux, l'ordre public.

Et ce salmigondis d'inepties juridiques et de fantasmes intéressés a donc convaincu les représentants du peuple. « Nul ne peut se prévaloir d'un préjudice du seul fait de sa naissance. » J'imagine qu'ils sont ravis du ciselé de leur phrase, dans le plus pur style napoléonien. Quand on fait dans les grands principes universels, rien ne vaut l'imitation des pères fondateurs du code civil. Comment peut-on avoir autant d'arrogance, autant de prétention à l'universel en ce début du vingt et unième siècle quand toutes les idéologies se sont effondrées dans le sang, quand tous les dogmes sont contestés ? Pourquoi prendre le risque d'ajouter, à ce cimetière de certitudes, une nouvelle formule creuse ? Pourquoi ne pas laisser les juges, même avec leurs terribles imperfections, trancher au cas par cas ces douloureux problèmes plutôt que d'asséner une généralité abusive ? Que savent-ils, ces parlementaires, de ce qu'on ressent quand on est né handicapé, en dépit des précautions de ses parents, par la faute d'un médecin ? Y en a-t-il un seul, parmi ceux qui ont voté cette loi, qui soit passé par là ?

« Nul ne peut se prévaloir d'un préjudice du seul fait de sa naissance. » Epuisés par cet effort stylistique, les parlementaires n'ont pas tenu la route. La suite de l'article premier et du texte de loi sent son boutiquier. On y apprend que, si l'enfant handicapé peut aller se rhabiller, ses parents sont autorisés, eux, à réclamer un préjudice. Mais attention, pas question de demander le remboursement des dépenses liées au handicap de l'enfant, se hâte de préciser le texte. Non, le préjudice des parents est exclusivement moral : ça coûte beaucoup moins cher aux assureurs. Au diable la cohérence : parents, vous avez étés trompés, vous serez indemnisés ; enfants nés de ce désir floué, vous n'avez aucun droit. Cette admirable distinction éclaire la portée profonde de la loi Kouchner. Tous les étudiants en droit civil connaissent en effet le « vice caché de la chose » qui permet, par exemple, à l'acheteur d'une voiture d'occasion de demander au vendeur une indemnisation si le véhicule révèle à l'usage un défaut bien dissimulé. Mais il serait absurde de vouloir indemniser la voiture elle-même. Il n'y pas de préjudice pour une chose. Pour légiférer sur le handicap caché de l'enfant, M. Kouchner a copié la logique de cet antique article du code. Et voici donc l'enfant ramené au statut de chose après cinquante ans passés à faire progresser ses droits !

Je ne vois pas comment absoudre ceux qui ont

commis cette loi. D'autant que le reste est à l'avenant. Les assureurs feront de nouvelles économies. Ils ne paieront plus pour les maladies « nosocomiales », c'est-à-dire les fautes d'hygiène commises par les cliniques et les hôpitaux. Les patients contaminés par les bistouris mal désinfectés devront se tourner vers la solidarité nationale. Seul progrès : les victimes d'« aléas thérapeutiques », néologisme pudique pour désigner les catastrophes médicales qui n'ont officiellement pas de responsables, seront également indemnisées par la collectivité. Leur sort sera donc plus enviable que celui des enfants nés handicapés. A condition que l'usine à gaz conçue pour cela, avec ses commissions, ses barèmes, ses experts, soit en mesure de fonctionner.

« Nul ne peut se prévaloir d'un préjudice du seul fait de sa naissance. » Nous avons cru au droit de choisir, d'éviter, grâce à la contraception, aux progrès de la médecine, à l'avortement, les naissances non désirées, les vies invivables. Nous nous sommes trompés. C'était au siècle dernier. La loi du vingt et unième siècle nous enseigne que cette liberté n'était pas un droit. Quand le choix nous est ôté par un médecin, nous ne pouvons rien faire pour réparer l'erreur. Je ne sais pas si nos parlementaires ont réfléchi au blanc-seing qu'ils ont ainsi donné aux praticiens hostiles à l'avortement, à tous les prosélytes de la vie à tout prix. S'ils ont songé à l'angoisse des parents qui peuvent désormais redouter le silence d'un médecin sur une malformation.

Mais l'essentiel n'est pas là. L'essentiel est dans le regard d'un enfant quand on lui raconte ce qui est à l'origine de son existence. C'est un rituel entre Eva et moi dans nos trop rares moments de dialogue. Je lui raconte tout : le désir partagé, l'île où elle a été conçue, la souffrance de cette nuit terrible, les mots du médecin, les semaines de couveuse, les jours d'incertitude, le choc brutal de la vérité, l'amour donné pour tenter l'impossible, la décision de ne pas aller devant les tribunaux. Je ne sais pas ce qu'Eva pense de ce choix. Mais elle sait que c'est celui de ses parents.

J'imagine que Mme Perruche pourrait raconter, un jour, à Nicolas qu'elle ne voulait pas pour lui cette existence de handicapé, qu'il doit cette vie-là à l'erreur d'un laboratoire, que ses parents ne l'ont pas acceptée et se sont battus pour lui, pour que la faute soit reconnue et réparée.

Ceux qui viendront maintenant ne pourront dire qu'une chose : « Nous avons été trompés. Nous n'avons pas eu le choix, ni avant ni après. Ni celui de t'épargner cette vie, ni celui de se battre contre l'injustice qui t'a frappé. »

Je ne plaide presque plus

J'aimerais avoir encore la force de le faire mais mon corps se dérobe. Tout ce petit Meccano qu'on a monté pour soutenir mon squelette amoché supporte de plus en plus mal les longs couloirs et les inévitables escaliers des tribunaux, les attentes interminables sur les bancs toujours rudes des salles d'audience. Les architectes de la justice l'ont voulue systématiquement inconfortable, sans doute pour la rendre plus solennelle. Je ne sais pas s'ils réussissent à impressionner les justiciables mais ils sont parvenus à me décourager.

Ma lassitude n'est pas seulement physique. J'aimerais avoir gardé le goût de plaider, cette émotion, cette fièvre inquiète qui me saisissait, il y a dix ans encore, chaque fois que j'enfilais la robe noire. Le petit théâtre des audiences, ses rituels presque religieux agissaient alors sur moi comme un puissant hypnotique. J'étais capable de vivre le mélodrame du procès correctionnel avec autant de passion que la tragédie des assises. J'attendais, tendue, ramassée, le moment de prendre la parole, le moment où, libérant toute l'adrénaline accumulée, j'occupais toute la scène, je jouissais de l'effet de chaque mot, de chaque silence, sûre de ma puissance, totalement comédienne et parfaitement sincère. J'aimais plaider et, comme l'amour ne vit qu'aveugle, je ne voyais rien des coulisses glauques, des habits douteux, des mauvaises manières de la justice, tous ces détails sordides qui sautent aux yeux du spectateur d'une audience ordinaire.

Aujourd'hui je ne vois qu'eux. Les rangées de bancs qui confondent dans la même indifférence familles de victimes et prévenus en attente de jugement, la sonorisation hors d'usage qui protège l'insipidité des débats de la curiosité publique, les magistrats qui ânonnent les jugements, découvrent les dossiers à l'audience, expédient les audiences surchargées comme un fonctionnaire des postes avant la fermeture de son guichet, le procureur englué dans sa routine qui soulève à peine son derrière pour s'en remettre à la sagesse du tribunal : tout cela m'insupporte, tout cela me navre. Je devine, derrière moi, le regard effaré de mes clients devant cette caricature de la justice qu'on leur avait promise, qu'ils attendent depuis des années, qu'ils voulaient moment unique de leur existence. Je connais les problèmes de l'administration judiciaire, la grande misère des magistrats. Je sais que beaucoup d'entre eux sont les premiers insatisfaits de ces audiences à la chaîne et font de leur mieux pour leur rendre dignité et humanité. Je peux expliquer les raisons de cette débâcle à mes clients, les initier à la nécessaire distance entre l'idéal auquel on aspire et la piètre réalité. Mais je n'ai plus le cœur à cette mascarade. Je remercie d'autant plus vivement mes associées, mes collaborateurs de l'affronter courageusement à ma place.

Je ne fais que de rares exceptions à cette désertion. Toujours pour des enfants, dont la mort m'est insupportable. Cette fois, pour Audrey, Thibaut, Renaud, Maxime et Robin, morts carbonisés au bout de neuf minutes d'agonie dans une carcasse en feu sur l'autoroute A106. Après d'interminables mois d'instruction, puis d'attente d'une date d'audience, l'affaire vient enfin devant le tribunal de Créteil. Je ne suis pas venue seule. Marie-Claire et Romy plaideront avec moi. Mes deux associées sont mes filles spirituelles. Elles partagent la même passion, la même exigence, le souci exclusif des victimes de la bêtise, de l'irresponsabilité ou de l'indifférence. Et Romy est, de plus, mon enfant. C'est la première fois que nous plaidons ensemble. Je suis heureuse que ce soit sur cette affaire à laquelle je tiens tant. Romy a du talent, de la passion, de l'émotion. Elle possède aussi ce contact simple et chaleureux, si précieux pour les gens éprouvés avec lesquels nous travaillons. Je suis fière d'elle. Je ne le lui ai jamais dit. J'exprime plus facilement mes angoisses que mon plaisir. Alors j'ai tout tenté pour la dissuader de faire cette profession. J'étais parfaitement sincère. Je voulais la protéger, lui épargner le travail écrasant, les horaires impossibles, la famille sacrifiée, l'équilibre économique aléatoire d'un cabinet, les coups durs, les déceptions, tout ce qui me ronge. Elle ne m'a pas entendue. Tant mieux. Elle sera sans doute capable de faire ce métier plus sereinement que moi. Je voudrais qu'elle vive cette audience comme une reconnaissance, un passage de témoin.

La salle du tribunal de Créteil est petite, beaucoup trop petite pour accueillir la foule dense des familles, des amis, des militants de la sécurité routière et des nombreux journalistes qui se bousculent dans l'immense salle des pas perdus. Trois années n'ont pas effacé le souvenir. Un cordon de CRS contient à grand-peine l'impatience et un début de colère. Seules une soixantaine de personnes dûment triées sur présentation de leur convocation ou de leur carte professionnelle pourront franchir le barrage. Les autres seront invitées à méditer dans le hall sur le principe selon lequel, en France, les audiences sont publiques. A qui la faute si les salles du tribunal de Créteil sont minuscules, soigneusement calfeutrées pour qu'aucun éclat ne filtre à l'extérieur et de si belle façon que même à l'intérieur personne ne peut suivre les débats à partir du quatrième banc ? A qui la faute si la justice se complaît à se refermer sur elle-même, surtout lorsque ses débats passionnent l'opinion ?

Je parviens néanmoins à sauver l'essentiel, à faire placer les familles des cinq jeunes gens au plus près des magistrats, presque face aux deux prévenus. Je veux que mes clients ne soient pas relégués au rang de simples spectateurs et aient, dans ce procès, la place qui leur revient. Je veux que le conducteur de la XM responsable de cet accident, son passager qui a pris la fuite comme lui, n'échappent pas au spectacle de la souffrance qu'ils ont infligée. Mais le plombier fixe obstinément ses chaussures et son copain, le barman, semble ne pas comprendre ce qu'il fait ici. Ils n'ont aucune réaction durant le long rappel des faits. Pourtant la présidente, elle-même, a quelque mal à venir à bout des atroces précisions du rapport d'autopsie. Sa voix se brise ; dans la salle, le silence se creuse.

Rien n'atteint les deux hommes qui campent sur leurs positions. Le conducteur n'a pas eu conscience d'avoir trop bu et jure qu'il n'est pas un fou du volant. Il ne se souvient pas de l'accident, n'a pas vu l'AX en flammes. Il n'a pas voulu prendre la fuite mais a erré en état de choc. Le barman, au contraire, reconnaît qu'il avait forcé sur la bouteille mais pour en tirer avantage : sous l'effet de l'alcool, il ne s'est rendu compte de rien jusqu'à son interpellation. Bref, ils sont tous deux d'innocentes victimes de la fatalité. Pressé par la présidente du tribunal, le plombier se rebiffe et affirme que si les jeunes gens ne s'étaient pas trouvés sur son chemin, il ne se serait rien passé. Un murmure parcourt la salle.

La magistrate croit sans doute l'audience au bord du dérapage. Habilement, pour que l'émotion reprenne le pas sur une éventuelle colère, elle offre aux familles le droit de dire quelques mots. La mère de Thibaut a quelques phrases pudiques et fortes sur la mort de son fils et sa confiance dans la justice. Le père d'Audrey, dans des explications confuses, oublie le discours qu'il avait préparé. Le malheur a eu raison de lui : c'est aujourd'hui l'anniversaire de son fils aîné, mort trois ans avant sa fille, sur la route aussi.

C'est à nous maintenant. A nous d'intervenir pour que la fatalité ne serve pas une fois de plus d'excuse facile au mépris de la loi et de l'autre. A nous de faire en sorte que la mort de Thibaut, Audrey, Maxime, Robin et Renaud reste ce drame intolérable qui devrait justifier une prise de conscience collective, le sursaut de tout un pays. Rude tâche car les justifications des prévenus comme les questions du tribunal ont englué ce procès dans la discussion de détails insignifiants jusqu'à en faire un fait divers banal. Deux abrutis paumés ont croisé par hasard la route de cinq jeunes gens malchanceux : où est la délinquance dans tout ça ?

Marie-Claire attaque la première. Elle démonte toutes les incohérences de la version des deux prévenus, rappelle le choix conscient de l'alcool et de la vitesse et montre la vraie raison de leur fuite. En quittant le lieu de l'accident sans donner l'alerte, sans rien faire pour ses victimes, en portant pendant plusieurs kilomètres son ami blessé et deux fois plus lourd que lui, le plombier était parfaitement conscient de la gravité de l'accident. Il ne pouvait avoir qu'une seule intention : prétendre qu'il n'était pas au volant, affirmer comme tant d'autres avant lui que sa voiture lui avait été volée et mettre à l'abri le seul témoin susceptible de démentir ce roman.

Après elle, Romy fait revivre une dernière fois cinq visages, cinq sourires, cinq existences restées à l'état de promesses. Elle raconte l'anniversaire de Thibaut, cette dernière soirée où, malgré la fête, l'insouciance de l'âge, ces cinq jeunes gens font le choix de la prudence pour eux-mêmes, de la sécurité pour les autres. Sans se douter que cela ne suffira pas à les sauver, à leur éviter d'être anéantis par deux irresponsables, ivres et lancés à pleine vitesse.

Il me reste à conclure, à évoquer ces minutes pendant lesquelles les uns, prisonniers de l'AX en feu, voient la mort arriver tandis que les autres ne songent qu'à fuir les conséquences de leur acte. Je veux que ces minutes s'égrènent dans la tête des magistrats. Je veux qu'elles leur fassent comprendre qu'il n'y a dans cet accident ni fatalité ni hasard mais la rencontre de comportements, de choix totalement divergents, rencontre inéluctable qui se produit, hélas, plusieurs fois par jour sur les routes de ce pays. Et si d'un côté on trouve cinq vies innocentes, de l'autre il n'y a que mépris. Mépris de la loi, des autres, de la vie. Un mépris que la voiture transforme en arme redoutable. Un mépris qui ne cède même pas devant l'agonie de ses victimes. On est loin de l'imprudence ou de l'inattention qu'invoque le code pénal pour qualifier l'homicide involontaire. On est face à de la délinquance pure, une délinquance de masse. Une délinquance qui fait, chaque année, plus de victimes que tous les meurtres, vols et agressions réunis. Une délinquance trop longtemps tolérée, aujourd'hui dénoncée au plus haut niveau de l'Etat et que la justice se doit de lourdement sanctionner afin que les comportements changent.

Le procureur de la République me succède et requiert cinq années d'emprisonnement dont deux avec sursis contre le conducteur et l'annulation pour cinq ans de son permis, une année de prison contre le passager pour non-assistance à personne en danger. Trois ans fermes seulement. Je sens que mes clients accusent le coup. Avec la nouvelle loi qui vient d'être votée à l'instigation du président de la République, le plombier risquait dix années de prison et l'annulation à vie de son permis. Mais l'accident a eu lieu un an avant le vote et la loi n'est pas rétroactive. Le procureur est même resté en deçà des peines prévues par l'ancienne législation mais ses demandes sont plus sévères que celles qu'on réclame d'habitude à Créteil. Et les juges peuvent, s'ils le souhaitent, aller au-delà de ces réquisitions.

C'est maintenant au tour des avocats de la défense, qui ont traditionnellement la parole en dernier. Leurs plaidoiries sont sans surprise. Leurs clients ne sont pas des délinquants. Depuis l'accident, ils ont cessé de boire. Ils ont femme et enfants. Les condamner à la prison, leur supprimer le permis de conduire, c'est les réduire au chômage et faire payer à toute une famille l'erreur d'un instant.

Ces arguments tombent dans un silence poli et glacé. Je préviens toujours mes clients que les plaidoiries de la défense sont souvent un moment difficile à vivre et qu'il faut pourtant se garder de toute réaction, ravaler sa colère et supporter même les pires caricatures.

Les juges choisissent de ne pas prendre leur décision ce soir. Ils se donnent un délai de réflexion qui m'inquiète. Je ne vois pas ce qui le justifie tant l'affaire est limpide. Ces longs délibérés cachent souvent la peur des magistrats d'affronter une salle, une opinion publique, des médias que leur décision risque de décevoir. Mais sans doute souhaitent-ils seulement conserver à leur jugement une aura de sérénité, éviter qu'on pense ou qu'on écrive qu'ils se sont déterminés sous la pression.

Je garde pour moi mes hypothèses. Les familles des cinq jeunes gens semblent plutôt satisfaites de l'audience. Elles ont trouvé les magistrats émus et attentifs, le procureur relativement ferme malgré des réquisitions décevantes et le camp des prévenus peu convaincant. J'en viendrais presque à me laisser gagner par leur optimisme. Mais tandis que parents et amis commentent calmement le procès, un grand mouvement de surprise trouble soudain le hall du tribunal de Créteil. Un peloton de CRS vient d'entrer et sépare la foule maintenant silencieuse. Les caméras se précipitent. Entre la haie d'hommes en armes sortent alors les deux prévenus qui regagnent, toujours libres et toujours présumés innocents, leurs domiciles. « Mais qu'est-ce qu'ils croient, les juges ? s'exclame la mère de Thibaut, consternée. Qu'on allait les lyncher ? Alors, eux non plus, ils n'ont rien compris ? »

Peut-on rester Antigone à cinquante ans ?

Deux ans de prison ferme pour le plombier chauffard et deux années d'annulation de permis. Relaxe pour son passager. Le tribunal de Créteil a montré une grande clémence pour les responsables de la mort d'Audrey, Thibaut, Maxime, Robin et Arnaud. Il n'a même pas suivi les réquisitions du procureur de la République qui réclamait trois années de prison pour le conducteur. Et il a estimé que son ami barman était trop ivre quand les cinq jeunes gens ont brûlé, qu'il n'est donc pas coupable de non-assistance à personne en danger.

Le jugement a été débité d'une voix à peine audible par la présidente, les yeux rivés sur ses papiers, en début d'audience dans le brouhaha d'une salle à peine installée. Les deux prévenus semblaient sidérés. Leurs avocats ne cachaient pas leur joie. Sur les bancs opposés, on s'est regardés, atterrés. La maman de Thibaut s'est levée, pâle, décomposée. Elle a refusé de quitter la salle, attendant que les juges la regardent, lui donnent une explication. Mais les magistrats l'ont ignorée, s'empressant d'enchaîner sur les affaires du jour. Elle est restée là quelques minutes, debout, silencieuse face au tribunal. Comme si sa seule présence pouvait empêcher l'oubli de se refermer sur son enfant, sur ces morts maintenant relégués au rang des statistiques ordinaires. Puis, l'indifférence générale a eu raison de ses forces. Elle a eu une sorte d'étourdissement. Nous l'avons entourée et fait sortir.

Deux années de prison pour avoir pris le volant en état d'ivresse, méprisé néanmoins les règles de prudence et la limitation de vitesse, tué cinq jeunes gens, assisté sans rien faire à leur carbonisation et pris la fuite avec le témoin gênant, ce n'est pas cher payé. D'autant qu'avec le jeu complexe des réductions de peines, des grâces automatiques du 14 Juillet et des libérations anticipées, les courtes peines ne sont jamais effectuées en totalité, parfois même inappliquées. Avec l'ancienne loi, plus indulgente que le nouveau code pénal, le plombier chauffard risquait tout de même sept ans de prison pour tous les délits dont il a été reconnu coupable. Il écope de moins du tiers. Quelles circonstances atténuantes a-t-on bien pu lui trouver ?

Je ne suis pas une fanatique de la prison. Enfermer une ou deux années de plus un chauffard dans un établissement surpeuplé, aux limites de l'hygiène et de la dignité humaine, ne le rendra pas plus responsable. Je préférerais infiniment qu'il accomplisse sa peine avec les sapeurs-pompiers, dans un service d'urgence ou de rééducation, au contact quotidien des conséquences de ses actes. Mais les « travaux d'intérêt général » ne sont pas encore entrés dans les mœurs. La loi française ne connaît que la prison. Elle est donc, de fait, l'étalon de toute sanction. Elle seule a une valeur symbolique aux yeux du condamné comme de l'opinion publique.

Les peines prononcées par un tribunal ont une fonction de dissuasion pour tous les chauffards potentiels. Deux années de prison pour le carnage d'Orly sonnent comme une relative absolution. La mort sur la route, revue par les magistrats de Créteil, a la même importance qu'une minuscule escroquerie, la mise en circulation de quelques faux billets, un petit tripatouillage d'élu sur un marché public. C'est une étrange réponse des juges à la volonté du président de la République, à la mobilisation de l'opinion contre la violence routière, au renforcement de la répression voté par le Parlement. C'est leur dire ouvertement : « Nous refusons la diabolisation des chauffards, nous nous moquons du durcissement des sanctions. Nous continuerons à juger comme bon nous semble. »

Les juges de Créteil ne sont pas les seuls à ramer à contresens de la volonté publique. Depuis quelques mois, mes collaborateurs entendent partout en France des magistrats déclarer publiquement à l'audience que les lois nouvelles ne changeront pas le comportement des conducteurs, que l'alcoolisme est une maladie et que la répression n'est pas la solution. Nos juges auraient-ils une tendresse cachée pour les conducteurs amateurs de bouteille ? Je sais que l'alcoolisme fait des ravages dans les rangs de la magistrature comme ailleurs. On a vu récemment de nobles fonctionnaires très imbibés faire leur marché en robe d'hermine, se masturber ou uriner en pleine salle d'audience, défoncer les platanes et insulter les gendarmes en cellule de dégrisement. Je n'ose pas penser que ces quelques cas douloureux soient représentatifs de l'ensemble du corps.

Je crois plutôt que la grande mansuétude des juges de Créteil, ou d'ailleurs, pour les chauffards a pour origine un sentiment de dépit très corporatiste. Ils ne supportent tout simplement pas qu'on leur tienne la main, que gouvernement et élus les incitent à plus de sévérité, que les victimes et leurs avocats réclament une plus grande rigueur. Les magistrats veulent être les seuls à juger. En réduisant les peines, ils entendent réagir à ce qu'ils vivent comme une insupportable pression.

Je n'ai rien contre le souci d'indépendance des magistrats. Je déplore seulement qu'il ne trouve pas de plus intelligentes façons de se manifester. J'observe aussi que cette réaction aux pressions publiques est très sélective. On ne la rencontre guère dans des affaires de terrorisme ou de pédophilie. Voilà deux problèmes majeurs de nos sociétés qui font l'objet d'une mobilisation de l'opinion, d'un durcissement des pouvoirs publics. Pourtant les magistrats ne se cabrent pas contre cette pression. Ils accompagnent sereinement le mouvement. Ils n'hésitent pas à poursuivre systématiquement, à mettre en détention sur de simples présomptions, à appliquer la loi dans toute sa rigueur.

Pourquoi adopter une attitude diamétralement opposée vis-à-vis de la délinquance routière ? A chaque fois que je pose cette question dans une session de formation des magistrats à laquelle on me fait l'honneur régulier de m'inviter, je suscite une belle levée de boucliers. On me rappelle, avec indignation, les dangers de la menace terroriste contre notre démocratie, les ravages de la pédophilie sur des victimes sans défense, le silence qui a trop longtemps entouré les abus sexuels sur les enfants.

Et moi, j'aimerais vous convaincre, mesdames, messieurs les magistrats, que les dizaines de milliers de vies brisées chaque année par la violence routière méritent la même indignation. Je voudrais que vous veniez avec moi dans les hôpitaux, les centres de rééducation, que vous preniez, une seule fois, la place du gendarme qui va annoncer à une mère la mort de son enfant. Je voudrais vous envoyer en stage aux Etats-Unis ou en Grande-Bretagne où la moindre infraction grave vous conduit directement derrière les barreaux. Je voudrais vous faire comprendre que votre clémence réactive vis-à-vis des chauffards a des effets terriblement pervers. Elle désespère des milliers de familles qui perdent confiance dans une justice qu'elles ont rencontrée pour la première fois et dont elles attendaient tout. Surtout, elle favorise le mépris de la loi et la récidive.

On traduit devant vous pour la première fois un conducteur pris en état d'ivresse lors d'un contrôle. Vous vous contentez de froncer le sourcil, de hausser le ton et de lui administrer un avertissement sans frais. Voici le même homme repris sur le fait huit mois plus tard. Vous lui épargnez encore une fois la prison et suspendez son permis pour un an. La troisième fois que vous le revoyez, il a, sans permis et toujours en état d'ivresse, fauché une ou deux vies. Ne vous sentez-vous pas un peu responsables de ces morts-là ?

Je ne suis ni votre ennemie ni votre juge. Je ne conteste ni votre indépendance ni votre souveraineté. Je ne plaide ni pour remplir les prisons ni pour satisfaire un prétendu désir de vengeance des victimes. Je voudrais simplement que la justice apparaisse plus cohérente et plus conséquente aux yeux de ceux qui se sont tournés vers elle. Et qu'elle joue son rôle quand il s'agit de sauver des milliers de vies.

Je voudrais vous convaincre pour que l'Histoire encore une fois ne bégaie pas. Lorsqu'à la fin des années 1970, la France a instauré les limitations de vitesse sur routes et autoroutes, les accidents ont chuté de façon vertigineuse. Au bout de quelques mois, les automobilistes ont compris qu'il y avait peu de gendarmes pour les verbaliser. Ils ont oublié les panneaux de limitation et la courbe des morts a recommencé à défier les campagnes de prévention. Quelques années plus tard, on a décidé de sanctionner sévèrement l'alcool au volant et instauré les contrôles. La baisse des accidents a repris. Mais les tribunaux ont distribué des peines de sursis. Les gendarmes, lassés de contrôler sans effet les mêmes délinquants, ont espacé leurs opérations. Et la France est redevenue la honte sanglante de l'Europe.

Depuis trois ans, l'espoir est revenu d'en finir un jour avec toute cette souffrance absurde. Il ne tient qu'à vous, magistrats, de lui donner une réalité ou de le tuer encore une fois. Je n'ai pas réussi à vous convaincre devant le tribunal de Créteil. J'espère le faire devant la cour d'appel. Et je poursuivrai le combat devant la Cour de justice de la République pour mettre en cause ceux qui ont permis la commercialisation de voitures trop facilement transformées en engins de mort. Pour que la mort d'Audrey, Thibaut, Maxime, Robin et Arnaud, qui a déjà bouleversé l'opinion, permis le sursaut des pouvoirs publics et des élus, soit aussi, pour la justice, un point de non-retour.

Je plaide dans ma tête tard dans la nuit. Je rumine des arguments tranchants, définitifs. Jusqu'à ce que les idées se délitent. C'est ma manière de ne pas céder à la lassitude, au désespoir, de ne pas songer à ce combat sans cesse recommencé sans que jamais rien ne soit acquis. Certes, on ne peut pas gagner à tous les coups. Chaque semaine tombent des dizaines de jugements et j'ai pris, à la longue, l'habitude d'encaisser parfois quelques solides déceptions. Alors pourquoi ai-je si mal ? J'ai trop mis de moi-même dans ce dossier, trop espéré en sa valeur d'exemple, trop cru en la lutte finale. Pourquoi, à mon âge, continuer à se battre ? Qu'ai-je à y gagner si ce n'est des gifles comme celle de ce soir ?

« Quand on vit, comme moi, au milieu des malheurs sans nombre... » J'ai trop rêvé, à seize ans, sur Antigone, chantée par Sophocle et par Anouilh. Celle qui se dresse contre son père et la loi de sa cité. Celle qui défie la raison d'Etat au nom de l'évidence du cœur. Celle qui choisit la mort par fidélité à soi-même. Je resterai toujours fidèle à la petite princesse de Thèbes. Mais peut-on rester Antigone à cinquante ans ?

La médaillée est nue

« Au nom du président de la République, je vous fais chevalier de l'ordre national du mérite. »

Le Premier ministre épingle la décoration et m'embrasse. Je dois avoir l'air complètement figée. En vérité, je suis très émue. Au point d'être incapable d'articuler un mot. Fort heureusement, le protocole n'a pas prévu de discours de remerciements. On reçoit sa médaille en rang d'oignons. Mon tour vient après un haut fonctionnaire, une magistrate et Pascal Sevran. Puis tout le monde file vers un autre salon pour les petits fours et le champagne.

Je sais qu'il est de bon ton de se moquer des décorations, d'affecter d'y être insensible, même si on les arbore ensuite en bonne place sur sa robe de juge ou d'avocat. Moi, c'est l'inverse : le ruban m'importe peu mais le geste me remplit de reconnaissance. Je ne dois pas être fabriquée comme tout le monde. J'ai dû garder une âme de midinette. Je suis touchée que la République distingue une petite avocate marseillaise qui ferraille depuis des années en des combats obscurs qui lui valent plus d'ennemis que d'admirateurs, plus de larmes que de bravos.

Tandis que M. Raffarin lisait ma biographie officielle, étrangement lisse et cohérente, je songeais à l'autre, pleine de détours, de doutes, d'accidents et de remises en cause. Je n'ai jamais voulu être avocate. Mon père qui portait la robe des avoués, mes frères qui l'étaient avant moi, ma mère qui me pressait de les aider, ce sont eux qui m'ont poussée. Je n'ai pas choisi non plus les causes pour lesquelles j'ai lutté. Elles me sont tombées dessus comme autant d'épreuves. La vie qu'on honore aujourd'hui n'est-elle pas, en réalité, une suite de malentendus ? Je rêvais, comme toutes les petites filles trop gâtées, d'une existence de princesse adulée, oisive et luxueuse. J'ai connu beaucoup de princes plus ou moins charmants mais je les ai quittés. J'aurais pu devenir une de ces bourgeoises marseillaises insouciantes et bronzées que je croise quelquefois. Ou rester l'épouse d'un haut fonctionnaire brillant, hantant le Tout-Paris et les cercles du pouvoir, volant à travers le monde de réceptions fastueuses en voyages officiels.

J'ai fui à chaque fois que le rêve prenait forme. J'ai fui pour retrouver cette vie mangée par le travail, cette vie qui renoue inéluctablement avec toutes mes peurs. Peur de la mort qui remplit mes dossiers, peur de voir se rouvrir les vieilles blessures, peur de manquer de forces ou d'argent, peur d'être écrasée par tous ceux que je gêne ou même par le poids que je porte. Peur de ne plus pouvoir assumer ce combat qui n'a pas de fin, dans lequel j'ai enrôlé maintenant associés et collaborateurs, mes filles et mon mari. Autant d'angoisses qui, s'accumulant, me font regretter, les nuits d'insomnie, d'avoir déserté mes rêves de gamine.

Pourquoi cette fuite en avant ? Est-ce une insatisfaction profonde ou une instabilité définitive qui m'ont conduite sur cette estrade ? Est-ce le sort attaché au prénom qu'on m'a donné, qui m'éloigne de mes moutons et me jette, tout armée, dans des défis trop lourds pour moi ? Je ne suis pas la Pucelle d'Orléans ; aucune voix céleste ne me guide. Je ne suis pas la sainte, même laïque, que l'on décrit aujourd'hui sous les dorures du ministère. Je connais trop mes innombrables défauts, ces bouffées d'incertitude, d'impatience, d'intolérance qui me submergent si souvent, ces colères contre mes propres limites que je projette injustement sur tous ceux qui m'entourent, ces incohérences qui me minent. J'ai peur qu'on démasque l'imposture, qu'on découvre soudain que la médaillée est nue. J'ai hâte de fuir la cérémonie officielle, de retrouver ceux qui connaissent mes ambiguïtés, supportent mes contradictions, ceux de ma bande qui m'attendent non loin des palais de la République pour fêter ce « mérite » qui leur revient autant qu'à moi. Ma famille, mes enfants, les membres de mon cabinet, les bénévoles des associations, les petits soldats de toutes mes guerres, en béquilles, en fauteuil roulant, les orphelins, les amputés, les esquintés, les veufs, les inconsolés, toute ma petite cour des miracles qui va boire à la santé d'un monde meilleur.

Car il y a encore tant de combats à mener. La reconnaissance de la République ne me donnera pas l'illusion du devoir accompli. Cinq mille morts, cent mille blessés sur les routes de France, chaque année : c'est encore trop pour moi. Je ne peux pas m'arrêter là. Ce n'est pas l'envie qui m'en manque. Je me sens tellement usée par ce trop-plein d'émotions, de désespoir, de colères partagés. Chaque année, j'annonce à mes associés, mes compagnons, que je vais jeter l'éponge. Mais je ne peux pas arrêter. J'aurais trop peur d'être rattrapée une fois de plus par le destin, peur d'être punie pour avoir baissé les bras, peur pour mes filles, mes petits-enfants, tous ceux que j'aime. Ces centaines de tragédies plaidées depuis des années ont fait de la mort sur la route une vieille ennemie, tapie dans l'ombre, toujours prête à bondir au moindre signe de faiblesse. On dira que mon métier m'a rendue folle. C'est peut-être vrai. De toutes façons, je ne peux rien y changer : je suis trop vieille pour ça.

Je continue donc. J'ai ressorti ma robe noire pour plaider devant la cour d'appel la mémoire d'Audrey, Thibaut, Maxime, Robin et Arnaud.

Cette fois, j'ai dû me montrer plus convaincante. Les magistrats ont corrigé le décevant jugement de Créteil : trois ans ferme pour le conducteur, six mois avec sursis pour le passager. Le plombier, venu à l'audience les mains dans les poches, toujours aussi peu concerné par la tragédie qu'il a provoquée, est ressorti menottes aux poignets entre deux gendarmes. La cour a estimé que la sanction n'avait que trop tardé.

Pour les parents, c'est un apaisement. Pour mon combat, un encouragement. Les juges bougent enfin ; les mots ne sont pas inutiles. Je vais reprendre patiemment le flambeau là où la Fondation Anne Cellier l'a déposé. Je serai l'avocate de Victimes et Citoyens qui a courageusement assumé la relève.

Je sens que les batailles à venir ne seront pas les plus faciles. Il n'y aura pas que les magistrats à convaincre. J'entends déjà des sénateurs, des députés grogner que les radars font perdre les élections et qu'il est temps de caresser les conducteurs électeurs dans le sens du poil. Que deviendra la volonté politique à la fin du quinquennat de Jacques Chirac ? Peut-être est-il temps de considérer la sécurité routière comme une chose trop précieuse pour être abandonnée aux politiques, à leurs alternances, leurs calculs ? Pourquoi ne pas la confier à des sages, au-dessus de toute pression ? On l'a bien fait pour des choses moins vitales comme l'audiovisuel ou les marchés financiers.

Et puis, il y a tous ces gamins qui continent à se foutre en l'air, sept jours après leur permis et, parfois, sans l'avoir passé, qui s'enroulent autour d'un arbre ou s'écrasent contre un autre tas de tôles et de chair au volant d'une 205 GTI ou d'un scooter débridé, toutes ces si jeunes victimes dont le nombre ne cesse d'augmenter malgré la décrue des accidents. Alors, il faudra bien poser les questions qui fâchent. Combien de temps va-t-on continuer à croire hypocritement que le permis fait de vrais conducteurs conscients des risques, soucieux des autres ? Que vingt heures de pratique suffisent pour maîtriser un petit bolide ? Que l'argent nécessaire pour payer plus de leçons, l'argent qu'on n'a pas pour passer le permis, ne sélectionne pas aujourd'hui ceux qui vont mourir ? Combien de temps va-t-on continuer à vendre des moteurs surpuissants aux automobilistes débutants, des voitures atteignant 200 km/h pour rouler sur des autoroutes limités à 130 ? Combien de temps va-t-on laisser des bus d'enfants, en pleine nuit, aux mains de chauffeurs âgés de plus de soixante-dix ans, couper le cœur des villages par des nationales à grande circulation, attendre dix accidents mortels avant de faire construire un rond-point ou un ralentisseur ?

Il y a tant de combats à mener pour dissiper les illusions tragiques d'un siècle de bagnole triomphante, pour faire cesser le carnage, toléré au nom de la liberté de rouler, de la fluidité du trafic, de la santé de l'économie. Il y a tant de combats à mener pour que les victimes ne soient plus ignorées, trompées, humiliées, volées. Il y a tant de combats à mener que je n'en verrai jamais la fin. Tant pis. Pour m'arrêter, j'attendrai une autre vie.

Les livres finissent en général par des remerciements. Forme convenue et plus ou moins sincère par laquelle on s'excuse à peu de frais auprès de ceux que l'on a pillés ou exploités pendant toute la rédaction de l'ouvrage. Ce que j'ai fait est bien plus grave. Les excuses sont donc inutiles et les remerciements insuffisants.

Je suis bien au-delà du pillage ou de l'exploitation. Ce livre est fait de la vie de mes filles. De leurs souffrances, de leurs rêves, parfois de leur chair.

Eva, parce qu'elle est sans doute la clé de tous mes engagements. Parce que, lorsque je suis tentée de tout laisser tomber, son courage, sa volonté me permettent de me retrouver.

Romy qui, en acceptant de travailler à mes côtés, a su tempérer mes angoisses, calmer mes doutes, et m'offre le plus beau des cadeaux : la certitude que mon combat ne cessera pas quand je ne pourrais plus l'assumer.

Maya, témoin le plus proche et sans doute victime de mon chaos intérieur, qui sait pourtant m'offrir le secours de son intelligence acérée.

J'ai conscience d'avoir été pour elles une piètre mère. Elles ne savent sans doute pas tout ce qu'elles m'ont néanmoins apporté.

Table

DU MEME AUTEUR

AUX EDITIONS ALBIN MICHEL

Assurés, si vous saviez !
Quand l'Etat se fait complice des compagnies
1998

Malades, si vous saviez !
Les scandales des hôpitaux
2000

Le scandale de l'insécurité routière :
à qui profite le crime ?
2001

Accidentés de la route : vos droits
2003

Composition Nord Compo
Impression Bussière, août 2005
Editions Albin Michel
22, rue Huyghens, 75014 Paris
www.albin-michel.fr

ISBN 2-226-15991-6
N° d'édition : 23580. – N° d'impression : 052943/4.
Dépôt légal : septembre 2005.
Imprimé en France.